MARKUS BÄCKER
IN LETZTER KONSEQUENZ

Markus Bäcker

IN LETZTER KONSEQUENZ

Kurzgeschichten

Bibliografische Information der Deutschen Nationalbibliothek:
Die Deutsche Nationalbibliothek verzeichnet diese Publikation in der
Deutschen Nationalbibliografie; detaillierte bibliografische Daten sind
im Internet über dnb.dnb.de abrufbar.

Umschlagfoto (Laacher See): Markus Bäcker
Satz und Layout: Markus Bäcker

Mit besondem Dank an:
Gabriele Keiser, Bodo Klinger, Dagmar Pascher
und Petra Schmidtbauer

Herstellung und Verlag: BoD – Books on Demand, Norderstedt

ISBN: 978-3-7583-2105-4

Es ist die später entdeckte
und deshalb authentischere Wahrheit.

Maryse Holder

IN LETZTER KONSEQUENZ reflektiert in neun Kurzgeschichten sowohl Themen der Gegenwart als auch jene einer weit zurückliegenden Vergangenheit. Darin zwingen Krieg, Krisen und Katastrophen den Menschen in einer bedrohlichen Realität zu agieren. Gefangen in Zeit und Überzeugung fordert so das Individuum sein Schicksal immer wieder heraus. Eine Konfrontation, die im Ringen um persönliche Wahrheiten zum Gradmesser des eigenen Seins wird.

Markus Bäcker wurde kurz nach der Mondlandung im Rheinland geboren. Geprägt durch den geschichtlichen Reichtum dieser Region, verfolgt er eine Vielzahl an Interessen, was dem roten Faden in seinem Leben einen recht mäandernden Verlauf gibt. Vor ein paar Jahren griff er das Schreiben als Reaktion auf gesellschaftliche Entwicklungen wieder auf. In seinen Arbeiten wirft er einen nüchternen Blick auf die Wirklichkeit und manchmal auch dahinter. Heute lebt er in der Nähe von Andernach.

INHALT

REDEN UND HANDELN

Atemlos rannten sie den langen Versorgungstunnel entlang. Auf der rechten Seite waren Röhren und Leitungen an der Wand befestigt, links von ihnen war der nackte Beton. Immer wieder stieß sie mit ihren Schuhen gegen Schutt der wohl seit der Bauzeit des Flughafens hier unten lag. Dann liefen beide durch ausgedehnte Pfützen, die sich auf dem Boden des unterirdischen Labyrinths, das sich unter dem Rollfeld ausbreitete, angesammelt hatten. Schmutziges Wasser spritzte hoch und durchnässte ihre Kleidung. Das klatschende Geräusch ihrer Schritte wurde von den kahlen Wänden vielfach zurückgeworfen und schwoll so zu einem lauten Tosen an. Urplötzlich verstummte der Lärm, und das deutlich leisere Scharren ihrer Sohlen verriet, dass der Untergrund wieder trocken war.

Beklemmend und feucht würde sie unter normalen Umständen die Atmosphäre beschreiben. Doch im Moment war ihr das nur unzureichend neonbeschienene Ambiente vollkommen egal, denn sie waren auf der Flucht. Hinter ihnen hörte sie die Rufe ihrer Verfolger, die sie anwiesen, stehen zu bleiben. Typen vom SEK, vom System, das sie mit ihrer Aktion herausgefordert hatten. Sekunden dehnten sich in ihr Vielfaches. Das Adrenalin in ihren Adern schärfte ihre Sinne und ließ sie jedes Hinweisschild und jeden Abzweig wahrnehmen. Schweißüberströmt hatten sie die Stahltür am Ende eines Korridors erreicht. Andi drückte noch im Laufen den Griff nach unten und prallte mit der Schulter gegen den abblätternden Anstrich. Sie war verschlossen.

«Verdammt, die Tür ist zu!», brüllte er so laut, dass es in den Katakomben wiederhallte.

«Wie kann das sein? Das ist doch ein Notausgang», entgegnete Mia ratlos, während sie auf einen Plan in ihrer Hand starrte.

Dann sah sie aus den Augenwinkeln heraus die Lichtkegel der Taschenlampen ihrer Verfolger auftauchen. Sie saßen in der Falle.

«Und jetzt?», stammelte Andi konsterniert. Dabei sah er sie mit weit aufgerissenen Augen an.

«Ich werde nicht aufgeben. Kapitulation ist Feigheit.»

Mit diesen Worten zog sie die Neun-Millimeter-Pistole hervor, die sie hinten im Hosenbund getragen hatte. Der Gesichtsausdruck ihres Gegenübers wandelte sich in blankes Entsetzen.

«Aber du kannst doch nicht auf Menschen schießen.»

«Das sind keine Menschen, das sind Schweine, die das System aufrecht erhalten. Natürlich darf auf die geschossen werden.»

Rasch entsicherte sie die Waffe und begann in Richtung der dunklen Silhouetten Schüsse abzufeuern. Augenblicklich wich Andi zurück und kauerte sich in der Ecke des Gangs zusammen. Mia sah, wie einer ihrer Verfolger im Gang zusammensank. Kurz darauf erwiderten die Polizisten das Feuer. Sie spürte den schneidenden Schmerz dreier Einschüsse in ihren Körper. Neben sich hörte sie die qualvollen Schreie ihres Begleiters. Das letzte, was sie wahrnahm, war die Explosion einer Blendgranate vor ihren Füßen.

«Damit war diese Aktion wohl sinnlos», murmelt Andi nachdenklich.

«Sie war nicht sinnlos. Sie war nur vergebens», erwidert Mia und fährt sich dabei genervt mit der rechten Hand durch ihre langen Haare.

«Für mich macht das keinen Unterschied. Das Ergebnis ist doch das gleiche.»

«Nein, unsere Aktion hatte natürlich einen Grund. Wir haben doch darüber abgestimmt in der Gruppe. Insoweit war sie nicht sinnlos.»

«Also war sie einfach nur schlecht geplant und deshalb sind wir jetzt tot.»

«So sieht es aus. Wir sind die Opfer des Systems – erschossen vom SEK», antwortet die junge Frau lakonisch.

«Und das hier ist jetzt das Jenseits?», entgegnet Andi verwundert und macht dabei eine ausladende Armbewegung entlang des Horizonts. Unschlüssig sieht sie sich um und zuckt phlegmatisch mit den Achseln.

«Schon möglich. Auch wenn ich mir das Elysium ein wenig anders vorgestellt hätte. Allem Anschein nach sind wir hier auch vollkommen alleine.»

Mia spürt, wie die Wut in ihr aufsteigt. Sie hasst es, zum Nichtstun verurteilt zu sein. Hier, in diesem gepflegten Park mit Andi auf einer Bank zu sitzen und auf einen tiefblauen See zu starren, entspricht so gar nicht ihrer Art. Das warme Licht lässt die Farben der Umgebung fast unnatürlich leuchten und die schneebedeckten Gipfel im Hintergrund hell erstrahlen. Ihr kommt es vor, aks wäre sie in einem Schweizer Sanatorium. Ein Eindruck der nicht zuletzt von den weißen Kitteln herrührt, die sie beide tragen. Um sich abzulenken und wenigstens irgend etwas zu tun, scharrt sie mit ihren nackten Füßen eine Kuhle in die kleinen Kieselsteine, die den

*Weg bedecken. An diesem merkwürdigen Ort endet also ihr
Kampf, der wenige Monate zuvor an der Uni begann.*

Nach dem Mittagessen hatte sich Mia mit Susanne auf die
Wiese vor der Mensa gelegt, um ein wenig zu relaxen. Die
Augustsonne stand träge über dem Campus und machte
jede Bewegung zu einer schweißtreibenden Angelegenheit.

«Ich hatte echt gehofft, dass es in diesem Monat etwas
kühler wird», stöhnte Susanne, «Stattdessen wird es gefühlt
immer heißer.»

«Sei froh, dass du nicht in Süditalien wohnst. Dort haben
sie bereits das Wasser rationiert», erwiderte Mia spöttisch.

«So lange immer noch Kohle für Strom verbrannt wird
und die Assis weiterhin Fleisch fressen, wird sich daran auch
nichts ändern.»
Während sie sprach hob Susanne den Arm und zeigte auf
einen Kondensstreifen am blauen Himmel. «Und schön billig
in die Türkei fliegen, um dort Urlaub zu machen, als wäre das
ein Menschenrecht.»
Mia hob ebenfalls den Arm und streckte den Mittelfinger in
Richtung des Flugzeugs. Ihre Freundin folgte ihrem Beispiel.

«Bleib so», flüsterte Mia, während sie mit ihrer linken Hand
das Telefon nahm, «Ich mache ein Foto für die Gruppe.»
Nach einigen Versuchen hatte sie es geschafft ihren Fingerzeig in Richtung des Kondensstreifens festzuhalten. Rasch
öffnete sie den Messenger und schickte das Bild an die Kli-
maschutzgruppe der Uni. Danach scrollte sie durch die unge-
lesenen Nachrichten. Wie gebannt blieben ihre Augen an
einer Mitteilung hängen. Hastig tippte sie auf den angefüg-
ten Link und richtete sich auf.

«Hast du das schon gesehen? In Sachsen wollen sie jetzt

die Freitagsproteste verbieten. Schulpflicht geht vor und so ein Schwachsinn!», dabei hielt sie Susanne das Display hin.

Die junge Frau nahm ihr das Smartphone aus der Hand, um den Text besser lesen zu können.

«Diese Schweine! Das ist eine Einschränkung der Meinungsfreiheit», kommentierte Susanne gereizt den Inhalt der Meldung.

«Richtig, das können wir nicht einfach hinnehmen.»

Gelangweilt beendet Mia ihr Scharren in den Kieselsteinen. Beim Betrachten ihrer Füße stellt sie verwundert fest, dass diese gar nicht schmutzig sind. Alles in diesem Park wirkt extrem sauber und gepflegt. Und das, obwohl hier kein Mensch zu wohnen schient. Am ganzen See kann sie kein einziges Gebäude zu erkennen. Auch ein Blick über die Schulter, bei dem sie eigentlich ein repräsentatives Kurhaus erwartet hätte, zeigt nur eine akribisch gemähte Wiese. Andi hingegen schien wenig Interesse für die Umgebung zu haben. Unbeweglich sitzt er neben ihr und schaut schweigend auf das tiefblaue Wasser.

«Ich mußte gerade an die große Demo in Dresden denken, als die Kohlenstoff-Nazis die Schülerproteste verbieten wollten.»

Der Angesprochene wendet sich ihr zu.

«Ach ja, Dresden. Bei der Demo haben wir uns doch kennen gelernt. Wir waren ja beide im schwarzen Block.»

«Es gab doch keinen schwarzen Block bei der Veranstaltung», entgegnet Mia ein wenig irritiert.

«Natürlich war da keiner vermummt. Aber einige der Teilnehmer waren radikaler als die anderen und bereit, Aktionen für die Umwelt und gegen die Beschneidung der Meinungs-

freiheit durchzuführen.» Dann fügt er mit einem breiten Grinsen hinzu: «Und eine davon warst du.»

Ein süffisantes Lächeln breitet sich auf ihren Lippen aus.

«Mir war klar geworden, dass wir nur mit Protesten nicht weiter kommen und Reden ohne Handeln sinnlos ist.»

«Hast du dir deshalb auch die Waffe besorgt?», fragt Andi mit einem Stirnzunzeln.

«Ich denke die Dinge halt gerne bis zum Ende. So war es für mich naheliegend, dass Konfrontation auch Kampf bedeutet.»

«Für das Klima zu töten ist doch absurd.»

«Sei nicht so naiv, Andreas. Die Eliten wollen nicht, dass sich etwas ändert. Denen geht es bloß um den Cashflow und die Shareholder-Values. Die haben die Schüler auf den Straßen einfach nur belächelt.»

«Aber in der Politik hatte bereits ein Umdenken eingesetzt.»

«Das war doch nur Show. Die Politik wird in Wahrheit von den Eliten gemacht.»

Der junge Mann fährt sich mit beiden Händen über das Gesicht und atmet tief ein. Die Debatte schient ihn anzustrengen.

«Demnach hätten wir uns die Demonstrationen auch sparen können.»

«Ja und Nein», entgegnet Mia, «Zum Erreichen unserer Ziele waren sie nicht das geeignete Instrument, aber sie haben viele Menschen mobilisiert, die jetzt mit unserer Sache sympathisieren.»

Ohne Dresden und das rigide Vorgehen der Polizei wäre ihre Gruppe wohl nie gegründet worden. Meinungsfreiheit und Klimaschutz hatten über 300.000 Menschen auf die Straße gebracht und entsprechend nervös reagierte die Staatsmacht. Hundertschaften von Polizisten standen mit Wasserwerfern bereit. Für Mia und einige andere ein klares Signal, dass sie nicht mehr als Bürgerbewegung gesehen wurden, sondern als Feind. Eine Konfrontationslinie war sichtbar geworden. Unter diesem Eindruck entstand bereits bei der Heimfahrt im Zug eine Chatgruppe mit dem Namen Klimafront. In den Online-Diskussionen der folgenden Tage stellte sie fest, dass sie mit Andi auf einer Wellenlänge lag. Auch er war bereit etwas zu tun, um die Klimawende zu beschleunigen. Bald schon überlegten sie in langen Videotelefonaten, wie die sie dabei vorgehen sollte.

«Es muss etwas geschehen. Die Proteste finden zwar Zustimmung in weiten Teilen der Bevölkerung, aber die Politik bewegt sich kaum», sagte Andi, der ungekämmt an seinem Küchentisch saß.

«Dummer Weise gibt es eine Diskrepanz zwischen Zustimmung und der Bereitschaft, tatsächlich etwas zu ändern. Die Leute verstehen einfach nicht, dass es fünf vor zwölf ist. Eigentlich sollten alle in Panik geraten und nach Lösungen suchen», erwiderte Mia auf ihrer Couch liegend.

«Aber ohne Angst gibt es auch keine Veränderung», fügte ihr Gesprächspartner in resigniertem Tonfall hinzu. Nachdenklich blickte sie an die Decke.

«Also ist Angst der Schlüssel zum Erfolg.»

«Richtig. Eigentlich müsste man den Menschen das Wasser abstellen und vielleicht noch den Strom, um etwas zu bewirken.»

Mia schüttelte den Kopf. Die Idee erschien ihr zu wenig zielgerichtet.

«Damit treffen wir vor allem die Schwächeren. Die, die keine Solaranlage auf dem Dach haben. Mit unseren Aktionen müssen wir die Wohlhabenden attackieren. Diejenigen, die auch mehr CO2 verursachen.»

«Und wie sollen wir das machen? Sollen wir ihre Golfplätze in die Luft jagen?»

«Das ist ziemlich kompliziert und auch zu schwierig für Nachahmer. Ich halte es für effektiver, SUVs und andere Wohlstandskarren anzuzünden.»

«Aber das würde eine erhebliche Eskalation bedeuten», gab Andi zu bedenken.

Langsam richtete Mia sich auf und setzte sich in die Ecke der Couch. Dabei blickte sie ihr Gegenüber auf dem Display erst an.

«Nein, das ist Widerstand. Der Kampf muss skalierbar sein. Nur so kann er auf die Straße getragen werden.»

Der junge Mann am Küchentisch reagierte ein wenig überrascht.

«Wie meinst du das?»

«Wenn einer einen Stein wirft, dann ist das eine Straftat. Werden tausend Steine geworfen, dann ist das eine politische Aktion. Genau so verhält es sich mit den Autos. Es müssen tausend Karren brennen in ganz Deutschland.»

Bei der Klimafront gab es nur wenig Zustimmung für Mias Idee. Die meisten dort setzten auf medienwirksame Auftritte wie Flashmobs oder Blockaden. Die Zerstörung von Privateigentum entsprach auch nicht den Leitlinien der Gruppe.

Noch immer starrt Andi auf den See. Als Mia seinem Blick folgt, entdeckt sie zwischen den Bäumen am anderen Ufer ein Funkeln, das an die Reflektion der Sonne auf einer Glasfläche erinnert. Die Ursache für das Leuchten kann allerdings kein festes Gebäude sein, da sich die Lichtreflexe ständig veränden. Je länger sie hinschaut, um so größer erscheint ihr das glitzernde Etwas, bis sie sich schließlich fragt, wie sie es bisher übersehen konnte.

«Ich bin immer noch der Meinung, dass wir die Autos hätten anzünden sollen.»

«Als ob das etwas bewirkt hätte. Wir wären doch nur als linke Chaoten wahrgenommen worden, weil die Zerstörung im Vordergrund gestanden hätte und nicht das Klima.»

«Das glaube ich nicht. Die Klimafront wurde doch gegründet, um Widerstand gegen das System zu leisten. Jedoch alles, was die zu Stande brachten, ging nicht über Protest und ein bisschen zivilen Ungehorsam hinaus.»

«Aber ist das nicht auch eine Form von Widerstand?»

«Nein, ist es nicht!», entgegnete die junge Frau energisch, «Protest ist, wenn ich sage, das und das passt mir nicht. Widerstand ist, wenn ich dafür sorge, dass das, was mir nicht passt, nicht länger geschieht.»

Nach ihrem gescheiterten Vorschlag hatte sich Mia aus den Aktivitäten der Gruppe zurückgezogen und nur noch an den Freitagsprotesten beteiligt. Diese waren zwar friedlich, aber genau deshalb enorm wichtig, um die Akzeptanz in der Bevölkerung hoch zu halten. Ein Rückhalt, den sie für ihre Aktionen brauchen würden. Gleichzeitig recherchierte sie Theorien über asynchrone Kriegsführung. Sie suchte verzweifelt nach einer Möglichkeit, mit geringem Aufwand eine maximale Störung im System hervorzurufen, ohne dass Menschen dabei zu Schaden kämen. Wochenlang erschien ihr dieses Problem unlösbar, bis sie zufällig auf einer Studentenparty Jan kennenlernte. Er war ein Kommilitone von Susanne und jobbte nebenher als Gepäckverlader am Frankfurter Flughafen. Einige Tage später rief sie Andi an, um ihn aufgeregt mit ihren neusten Erkenntnissen zu konfrontieren.

«Ich habe jetzt eine Möglichkeit gefunden wie wir unserem Anliegen einen entsprechenden Nachdruck verleihen können.»

Sein Tablet stand wie gewohnt auf dem Küchentisch. Ein wenig gelangweilt blickte er mit einer Kaffeetasse in der Hand in die Kamera.

«Und was hast du diesmal vor? Sollen wir vielleicht den Reichstag anzünden?»

«Nein, wie kommst du denn da drauf?», entgegnete Mia belustigt, «Dieses mal geht es um die unnötigen Emmission der Ferienflieger. Dazu müssen wir den Flugverkehr in Frankfurt lahmlegen. Wenn uns das für mehrere Stunden gelingt, bricht im Luftraum über Deutschland das Chaos aus.»

«Und wie willst du das machen?»

«Mit Drohnen. Wenn um fünf Uhr das Nachtflugverbot endet und sich das erste Flugzeug in Bewegung setzt, schlagen wir los.»

«Aber solche ferngesteuerten Objekte kann man doch abschießen oder mit einem Störsender blockieren.»

«Deshalb brauchen wir zwei Teams für diese Aktion. Eins, das mit den Drohnen die Störung von außen durchführt und eins, das reingeht und eine Bombenatrappe auf dem Rollfeld platziert. Die Flugobjekte dienen dabei nur zur Ablenkung und um dem zweiten Team mehr Zeit zu verschaffen. Bis dann ein Sprengkommando die Atrappe beseitigt hat, vergehen sicher mehrere Stunden.»

«Aber du kannst doch nicht einfach über das Rollfeld spazieren und dort ein Paket ablegen», wandte Andi kopfschüttelnd ein.

«Das geht natürlich nicht», antwortete Mia amüsiert. «Allerdings gibt es unter der Erde jede Menge Versorgungsschächte. Durch diese könnte man ungesehen bis zu den Startbahnen gelangen.»

«Und woher hast du so ein profundes Insider-Wissen.»

«Von Jan. Das ist ein Bekannter von Susanne. Er hat mir die Pläne bereits besorgt.»

Der Mann am Küchentisch nickte anerkennend.

«Respekt. Einen Flughafen lahm zu legen wäre schon eine krasse Sache.»

«Richtig, aber nur harte Aktionen bringen was. Vor allem, wenn wir gleichzeitig an ein oder zwei anderen Flughäfen ebenfalls Drohnen aufsteigen lassen.»

Andi griff sich mit der Hand ans Kinn und fuhr nachdenklich durch seinen Dreitagebart.

«Klingt so, als wäre es machbar.»

«Sicher ist das machbar. In weniger als einer Stunde ist die Sache erledigt. Es wird alles so schnell gehen, dass sie uns gar nicht kriegen können. Denn das gehört ebenso zum Erfolg der Geschichte», entgegenet Mia euphorisch. Ihr Gegenüber presste die Lippen zusammen und blickte abwesend auf sein Tablet. Sie hatte den Eindruck, dass er sich langsam mit ihrer Idee anzufreunden begann.

«So viel zur Theorie. Hast du dir auch schon überlegt, wer die Aktion durchführen soll?»

Mia war erleichtert. Offensichtlich gefiel Andi ihr Vorschlag, und natürlich hatte sie sich bereits Gedanken über die Umsetzung gemacht.

«Susanne würde beim Störer-Team mitmachen, weil sie nicht in die engen Versorgungsschächte will. Die Sache mit der Bombe erledigen dann du und ich.»

Faszinierend und verlockend strahlt die Lichterscheinung am anderen Ufer. Das fremdartige Funkeln wirkt jetzt warm und gütig auf sie. Gleichzeitig bemerkt Mia, wie die Geräusche der Natur nach und nach verstummen und es langsam dunkel wird, ähnlich einer Sonnenfinsternis. Im Wasser des Sees beginnen zwei Linien, erst kaum wahrnehmbar, dann immer heller, zu leuchten. Sie führen von dem glitzernden Etwas schnurgerade auf Mia und Andi zu, bis zum Ufer vor ihrer Bank. Intuitiv ahnt die junge Frau was dieses Zeichen zu bedeuten hat. Es ist eine Einladung an sie beide. Die Zeit des Wartens ist nun vorüber.

«Die Bombe im Flughafen war übrigens echt, Andreas. Eine Atrappe dort abzulegen, wäre nicht konsequent gewesen.»

Der junge Mann lächelt sie milde an.

«Das habe ich bereits geahnt. Vielleicht war es der Sprengstoff, der die Bullen auf unsere Spur gebracht hat."

Mia schlägt die Augen nieder und nickt nachdenklich.

«Aber das ist Vergangenheit und jetzt müssen wir gehen», sagt Andi und erhebt sich.

«Ja, es ist so weit», antwortet sie so leise, als spräche sie mit sich selbst. Dann steht sie auf und stellt sich neben ihn. Ruhig fährt sie fort: «Aber nur du kannst dem Weg des Lichts folgen und auf die andere Seite gelangen.»

«Wieso nur ich?»

«Weil ich getötet habe und in den Fluten des Sees versinken werde.»

FLUTNACHT

Eingehüllt in tiefe Dunkelheit stand der Unimog bis an die Radnaben im Wasser in einer Gasse am Rande des Ortskerns. Schweigend saßen die beiden im Fahrerhaus und blickten auf das Licht der Scheinwerferkegel, das sich in den Wellen brach.

«Der Sprit ist bald zu Ende», sagte Chris nach einer Weile eigentlich mehr zu sich selbst. Dabei nahm er vom Armaturenbrett ein Päckchen Zigaretten und zog eine heraus.

«Ich denke, es sind jetzt keine Leute mehr in den Häusern», erwiderte Roland nachdenklich.

«Meinst du, dass das Wasser noch weiter steigt?», fragte Chris seinen Beifahrer.

«Keine Ahnung. Irgenwann muss es doch mal aufhören», antwortete dieser.

«Sicher», brummte der Mann am Steuer, während er sich die Zigarette anzündete. Roland steckte den Kopf aus dem geöffneten Seitenfenster.

«Der Strom scheint wohl überall weg zu sein. Ich kann nirgendwo ein Licht sehen.»
Chris schaltete die Scheinwerfer aus. Augenblicklich rückte die schwarze Wand vor ihnen bis zur Windschutzscheibe an sie heran. Gleichzeitig schien das unheimliche Rauschen der braunen Fluten lauter zu werden. Aufmerksam blickte er sich in alle Richtungen um. Aber ausser der allgegenwärtigen Dunkelheit konnte er nichts erkennen.

«Ich kann auch nichts sehen.»

Eigentlich wollten sie an diesem Tag Holz machen im Wald, aber dann kam der Regen und danach das Wasser. Der schmale Fluß trat über die Ufer und ergoss sich in die Straßen des kleinen Orts im Tal. Statt in den Wald zu fahren halfen sie mit Chris' altem Bundeswehr-Unimog der Feuerwehr dabei, Menschen zu evakuieren. So hatten die beiden Freunde seit dem frühen Nachmittag Bewohner aus ihren umspülten Häusern in den höher gelegenen Teil der Ansiedlung transportiert. Erst mit Einbruch der Dunkelheit war die Rettungsaktion abgeschlossen. Gegen Mitternacht waren sie zu einer letzten Kontollfahrt ins Zentrum des Orts aufgebochen.

Das sonore Brummen des Dieselmotors wirkte einschläfernd auf Chris. Erschöpft schloss er die Augen. Fast wäre er eingenickt, als ein lautes Krachen ihn hochfahren ließ. Mit einer raschen Bewegung machte er das Abblendlicht wieder an.

«Was war das?», fragte Roland, während er angestrengt in die Dunkelheit blickte.

«Keine Ahnung, aber es schien von dort vorne zu kommen», antwortete Chris, «Schauen wir mal nach.» Er legte den vierten Gang ein und setzte den Unimog langsam in Bewegung. Nach wenigen Metern begann das Wasser über die Scheinwerfer in der Stoßstange zu schwappen, so dass der Mann am Steuer die zusätzlichen Arbeitsleuchten auf dem Fahrerhausdach anschaltete.

«Das war vorhin noch nicht so hoch», stellte Chris nachdenklich fest, «Zum Glück hat der Wagen einen Schnorchel für die Ansaugung.»

«Und wie tief kannst du damit ins Wasser?»

«Ein Meter zwanzig, glaube ich»

Sie fuhren vorsichtig eine abschüssige Nebenstraße hinunter. Als die Scheinwerfer die quer dazu verlaufende Hauptstraße ausleuchteten, hielt Chris abrupt an. Dabei rutschte sein ohne Funknetz nutzlos gewordenes Handy auf dem Armaturenbrett gegen die Windschutzscheibe. Mit einer kurzen Kopfbewegung deutete er nach vorne.

«Da drüben ist etwas eingestürzt.»

Auf der anderen Seite stand ein Fachwerkhaus. An dem Gebäude fehlte die linke Ecke und gab den Blick frei in ein dunkles Zimmer im Obergeschoss. Von dem japanischen Schnellrestaurant darunter konnte man nur noch den oberen Teil der Schaufensterscheiben erkennen.

«Ich fasse es nicht. Das Wasser reißt tatsächlich das Haus mit sich», stöhnte sein Freund auf der Beifahrerseite. Die Hauptstraße, die am Nachmittag nur ein paar Zentimeter überflutet gewesen war, hatte sich in ein tosendes Gewässer verwandelt. Jetzt schwammen dort einige Holzpaletten rasch auf den schäumenden Wogen von rechts nach links an ihnen vorüber.

«Hier können wir nicht weiter», kommentierte Chris das Offensichtliche und legte den Rückwärtsgang ein. Er hatte sich gerade umgedreht, um durch die Heckscheibe zu blicken, als die überschnappende Stimme von Roland ihn herumwirbeln ließ.

«Da ist jemand in dem Haus!»

Mit angehaltenem Atem suchte er die bröckelnde Fassade ab, bis er den Schein einer Taschenlampe bemerkte, die hinter dem noch intakten Fenster des ersten Stockwerks geschwenkt wurde.

«Scheiße!», zischte er halblaut durch die Zähne. Dann fiel sein Blick auf einen zweiten Lichtkegel in der dunklen Maueröffnung, die ihnen entgegen klaffte.

«Nein, es sind mindestens zwei da drinnen.»

In diesem Moment stürzte mit einem lauten, berstenden Geräusch ein großer Teil der Fassade in die Fluten und weitete den Blick ins Obergeschoss. Anscheinend waren ein Mann und eine Frau in dem Raum, der wohl mal ein Wohnzimmer gewesen war. Im Licht der Arbeitsscheinwerfer erkannte Chris, dass die Frau etwas auf dem Arm hielt — wahrscheinlich ein Kleinkind.

«Mein Gott, das ist eine ganze Familie», gab Chris seinem Entsetzen Ausdruck.

«Und das Haus bricht gleich zusammen. Wir müssen etwas tun», entfuhr es Roland.

«Aber was? Das Wasser ist viel zu tief für den Unimog.»

«Wir könnten zurück fahren und die Feuerwehr benachrichtigen.»

«Bis die hier sind, steht das Gebäude nicht mehr.»

Das Schweigen, das nun folgte, zeigte Chris, dass sein Freund diese Einschätzung teilte. Sie waren auf sich alleine gestellt. Und die beiden Menschen, die nun wild gestikulierend an der Abbruchkante der Geschossdecke standen, vertrauten darauf, dass sie ihnen zu Hilfe kommen würden. Sie waren ihre letzte Hoffnung. Diese konnte und wollte er nicht enttäuchen.

«Ich muss da rüber», knurrte er nachdenklich vor sich hin.

«Aber wie? Das ist doch aussichtslos», entgegnete Roland mit kraftloser Stimme.

«Für mich gibt es keine aussichtslose Lage.»

Fieberhaft dachte Chris nach. Fakt war, dass sie es mit dem Unimog nicht bis auf die andere Seite schaffen würden. Irgendwo davor würde der Motor absterben. Vielleicht wäre es aber möglich auf die Fassadentrümmer zu fahren, die weiter links von dem Gebäude unter der Wasseroberfläche liegen mussten. Dann sollte das Fahrzeug an Höhe gewinnen und sie hätten eine Chance, bis zum Haus zu gelangen. Das war natürlich riskant aber die einzige Möglichkeit die ihm einfiel.

«Ich werde da rüber fahren und du bleibst hier.»

«Das ist doch Wahnsinn. Wie soll das funktionieren?»

«In der Mitte der Straße müssten die Mauerreste liegen. Wenn ich es dahin schaffe, könnte die Wattiefe reichen.»

«Aber du weißt doch gar nicht, wo der Schutt liegt.»

«So ungefähr kann ich das schon einschätzen.»

«Und wenn du stehen bleibst?»

«Dann steige ich eben aus und schwimme.»

«Sieh dir diesen reißenden Fluß an. Das ist reinster Selbstmord.»

«Übertreib doch nicht so. Im Übrigen ist die Art mit dem Tod fertig zu werden ebenso wichtig wie die Bewältigung des Lebens.»

«Du willst also dein Leben riskieren, um die Leute dort zu retten?»

«So ist es. Ich kann nicht einfach den Rückwärtsgang einlegen und davon fahren. Wenn ich das täte, wäre ich kein Mensch mehr.»

«Verstehe», murmelte Roland nachdenklich und nach einer Weile fügte er hinzu: «Du hast recht. Wir dürfen ihre Hoffnung nicht enttäuschen. Und selbstverständlich bin ich mit dabei.»

Die Zustimmung seines Freundes beflügelte Chris. Erleichtert lächelte er ihm zu und zündete sich eine Zigarette an.

«Na, dann los. Schauen wir mal nach, ob es da drüben noch Sushi gibt.»

Er löste die Feststellbremse und fuhr ganz langsam im zweiten Gang in die Hauptstraße ein. Sofort spürte er wie die Srömung sein Fahrzeug zur Seite drückte und lenkte dagegen an. Mit dieser Stärke der Fluten hatte er nicht gerechnet. Zentimeter um Zentimeter näherten sie sich der Straßenmitte. Gleichzeitig stieg seine Nervosität. Ob dort wirklich die vermuteten Trümmer lagen? Langsam begann Wasser in den Fußraum der Kabine einzudringen. Roland zuckte zusammen und starrte ihn mit weit aufgerissenen Augen fragend an.

«Nicht so schlimm», sagte Chris betont ruhig und warf die Zigarette aus dem halb geöffneten Fenster, «Das trocknet auch wieder. Hauptsache, die Sitze werden nicht nass.»
In Wirklichkeit hatte die eindringende Nässe ihn auch erschreckt. Anscheinend waren die alten Türdichtungen im Laufe der Jahre porös geworden. Außen erreichte das Wasser langsam die Oberkannte der Reifen und damit die Grenze von ein Meter zwanzig. Er rechnete jetzt jeden Augenblick damit, dass der Motor seinen Geist aufgab. Und wenn das Brummen des Sechszylinders verstummte, waren die Menschen dort vor ihnen verloren. Sekunden verrannen in angespannter Ruhe, dann signalisierte ein kleiner Ruck, dass der linke Vorderreifen gegen einen Widerstand gestoßen war. Sie hatten die so sehr herbei gesehnten Mauerreste tatsächlich erreicht. Er drückte das Gaspedal vorsichtig durch und die linke Ecke der Motorhaube begann sich zu heben. Kurz darauf hatte auch das rechte Rad Kontakt mit den Resten der Fassade und der Wagen entstieg behäbig der schlammigen Brühe.

«Wir haben es geschafft!», schrie Roland und machte so seiner Anspannung Luft, «Dein verrückter Plan hat tatsächlich funktioniert.»

«Ich verliere eben nicht gerne», erwiderte Chris, ohne das Wasser vor ihnen aus den Augen zu lassen.

Die Reste des Hauses waren nun fast zum Greifen nahe und

warfen das Licht der Arbeitsscheinwerfer zurück, so dass das Szenario vor ihnen unwirklich hell erschien. Auch die Menschen auf der abgerissenen Geschossdecke waren nun deutlich zu erkennen. Es war eine junge Familie, die ihnen nun euphorisch zuwinkte. Ihr asiatisches Aussehen legten die Vermutung nahe, dass es sich um die Betreiber des Restaurants handelte. Wahrscheinlich waren sie im Haus geblieben, um noch Sachen aus ihrem Geschäft ins obere Stockwerk zu bringen. Rasch erkannte der Mann am Steuer, dass es für die Rettung der Menschen nur eine Möglichkeit gab.

«Ich werde, so weit es geht, in den Sushi-Laden hinein fahren, dann können die Leute über das Dach des Fahrerhauses auf die Ladefläche klettern.»

«Ja, das sollte funktionieren», stimmte Roland ihm zu.

«Hast du hier schon mal gegessen?», fragte Chris seinen Beifahrer.

«Nein, ich kenne das Kobayashi nur aus der Werbung.» Vorsichtig steuerte er das Fahrzeug in das Restaurant hinein. Dabei zerdrückte er langsam mit der Stoßstange die Theke, um nahe genug an die Abbruchkante der Decke zu kommen. Allmählich türmten sich die zerbrochenen Reste der Innenrichtung vor der Motorhaube auf und füllten den Raum zu den Regalen an der Rückwand. Trotz der dumfen, berstenden Geräuche vernahm er plötzlich die lauten Schreie des Paares über ihm. Er trat auf die Bremse und blickte steil nach oben durch die Windschutzscheibe. Dort sah er wie der Mann mit seiner Taschenlampe zu einen Punkt rechts von ihnen auf der Wasseroberfläche leuchtete. Roland erkannte zuerst, was damit gemeint war und zeigte mit der Hand durch das geöffnete Seitenfenster.

«Da kommt ein Gastank auf uns zu!»
Lediglich schemenhaft konnte Chris vom Fahrersitz aus den

großen, grauen Metallzylinder erkennen, der auf den Wellen wippte, bevor er mit einer lauten Knall das Fahrzeug am Heck traf. Die Wucht des Aufpralls riss den Unimog herum und ließ ihn die hintere Wand des Verkaufsraums durchbrechen. Gleichzeitig wurde der Wagen mit der Fahrerseite tief in die Reste der Seitenmauer gedrückt. Chris hörte noch den glockenartigen Nachhall der Kollision mit dem Flüssiggastank, dann brach das Haus über ihnen zusammen.

QUID PRO QUO

Er nahm den Ring vom Finger und legte ihn neben sein Whiskyglas auf den Tresen. Das tat er gelegentlich, wenn er angetrunken war und die Erinnerungen an Stella ihn übermannten. Danach stützte er sich auf seine Unterarme und starrte lange auf das ungewöhnliche Schmuckstück aus Meteoriteneisen bevor ihm wieder bewusst wurde, dass Pascal neben ihm saß. Nachdenklich murmelte er vor sich hin:

«Das ist alles was mir von ihr geblieben ist.»

«Ich weiß Jens, aber das ist doch schon so viele Jahre her.»

«Die Zeit ist relativ. Das solltest du als Akademiker eigentlich wissen.»

Er griff zum Glas, um es zu leeren und mit einer knappen Geste in Richtung der Frau hinter dem Thresen einen neuen Whisky zu bestellen.

«Du solltest nicht permanent in der Erinnerung leben», entgegnete Pascal und trank von seinem Gin-Tonic.

«Warum denn nicht oder ist das mittlerweile verboten?»

«Nein, weil du dich damit selbst zerstörst.»

«Dann lass mich doch. Mehr ist da nicht mehr in meinem Leben außer dem Job und der Vergangenheit.»

«Du bist der beste Neurologe den ich kenne. Wegen dir bin ich überhaupt erst Arzt geworden.»

Die Barkeeperin stellte einen neuen Single-Malt vor Jens auf den Tresen, was er mit einem Kopfnicken quittierte. Er griff danach und hob das Glas in Richtung seines Freundes, um mit erhobener Stimme zu verkünden:

«Kein Mensch ist so schlecht, dass er nicht doch noch als schlechtes Beispiel dienen kann.»

Dann nahm er einen Schluck und plazierte den Whisky wieder neben dem Ring.

«Du und deine Sprüche. Das sind doch bloß hohle Phrasen, hinter denen du dich versteckst. Und das Ding da auf der Theke, zieht dich einfach nur runter», entgegnete Pascal ein wenig genervt.

«Es reicht ja, wenn einer von uns gut drauf ist. Damit geht es uns statistisch betrachtet doch gar nicht so schlecht. Apropos, wie läuft es denn so mit deiner neuen Flamme?»

«Julija ist wirklich eine tolle Frau und wir lieben uns über alles.»

«Ich meinte eigentlich, wie es ausserhalb des Betts so läuft?»

«Das meinte ich auch. Für Sex haben wir kaum Zeit. Schließlich sehen wir uns ja meistens in meiner Mittagspause.»

«Ich weiß schon. Ihr seit die zwei Königskinder an den Dardanellen. Füreinander geschaffen, aber doch so fern. Wenn es nach Ovid ginge, würdet ihr euch lediglich Briefe schreiben.»

«Sie arbeitet halt abends und ich am Tag. Das macht es schon schwierig. Immerhin haben wir an den Wochenenden nachmittags für einander Zeit.»

Tamara saß auf dem Bett ihrer Freundin und schaute sich die Bilder an, die Julija ihr auf dem Handy zeigte. Seit ein paar Wochen wirkte sie quirlig und überdreht, weil sie sich in einen jungen Assistenzart der Uniklinik verliebt hatte. Natürlich freute sie sich für ihre Kollegin, aber durch ihren Altersunterschied hegte sie auch mütterliche Gefühle für ihre Freundin. Ein gutaussehender Akademiker begehrt eine wenig gebildete Gastarbeiterin. Das erschien ihr, als gestandene Frau Anfang Vierzig, ein wenig zu märchenhaft, um wahr zu sein. Auf der anderen Seite waren sie beide hier, um in der Fremde Geld zu verdienen und damit die Daheimgebliebenen zu unterstützen.

«Er sieht wirklich sympathisch aus, dein Pascal.»

«Das ist er auch. Und so unglaublich einfühlsam.»

«Und meinst du, dass er der Richtige für dich ist?»

«Davon bin ich überzeugt. Er ist ein ganz besonderer Mensch. So gebildet und sensibel.»

«Auf jeden Fall ist er eine gute Partie.»

«Das dauert noch ein paar Jahre, bis Pascal richtig Geld verdient. Er ist noch in der Ausbildung und pendelt jeden Tag, weil er sich hier in Köln keine Wohnung leisten kann.»

«Ihr seid ja beide noch so jung», entgegnete Tamara und sprach damit den ersten Gedanken aus, der ihr in den Sinn kam. Als ihr bewusst wurde, was sie gerade gesagt hatte, hielt sie kurz inne. War es etwa der Neid, der sich in dieser Formulierung Bahn brach? Rasch verwarf sie den Gedanken wieder. Nein, sie war nicht neidisch auf auf ihre Freundin, weil diese jünger und hübscher war. Es war einfach der tief empfundene Wunsch, dass Julijas Leben, das in weiten Teilen noch vor ihr lag, besser verlaufen sollte als ihres. Ihr bot sich mit Pascal eine Chance, die es für sie nie gegeben hatte. Nachdenklich fuhr sie fort:

«Hast du schon mit Shqipron darüber gesprochen?»

«Ja, gestern Abend. Er will achttausend Euro.»

Zu vorgerückter Stunde erklang ‚Privat Dancer‘ aus den Lautsprecherboxen des Bistros und vollzog für die Anwesenden, rauchig und anrüchig, den Übergang vom Abend zur Nacht.

Eine ganze Weile schon hatte Pascal vor sich hin gestarrt und dabei seinen Drink um die eigene Achse gedreht. Für Jens ein untrügliches Zeichen, dass sein Freund etwas Wichtiges loswerden wollte.

«Ist das eine Art von Rekord im Gläserdrehen, an dem du da arbeitest?», unterbrach er das Schweigen.

«Ein Rekord? Nein, ich habe nur nachgedacht.»

«Und dabei hast du versucht, mit deinem Gin-Tonic ein Loch in das Holz zu bohren.»
Augenblicklich stoppte der Angesprochene sein gebetsmühlenartiges Tun.

«Ich wollte dich etwas fragen.»

«Dann frag' mich doch und beschädige hier nicht das Inventar.»
Pascal nahm die Hand von seinem Glas und setzte sich aufrecht hin.

«Ich habe mich gefragt, ob du mir etwas Geld leihen würdest.»

«Natürlich kannst du Geld von mir bekommen. Das weißt du doch. Wofür brauchst du denn die Kohle?»

«Nun ja, es ist für Julija», antworte sein Gegenüber kleinlaut. Der Satz ließ Jens aufhorschen. Neugierig geworden bohrte der nach:

«Und wofür braucht sie das Geld?»

«Sie hat Schulden.»

«Und wie hoch sind diese Schulden?»

«Es sind achttausend Euro.»
Aufmerksam blickte er Pascal an. In seinen nicht mehr nüchternen Synapsen breitete sich eine Ahnung aus.

«Und was hast du damit zu tun?»

«Es ist so eine Art Ablöse. Erst wenn die bezahlt ist, können wir wirklich zusammen sein.»

Jens' Annahme verdichtete sich zunehmend zu einer Gewissheit.

«Eine Ablöse?», fragte er betont überrascht, «Hast du die Kleine über eine Headhunting-Agentur aussuchen lassen?» Pascal schwieg und starrte auf die Theke.

«Jetzt sag schon. Wie hast du Julija überhaupt kennengelernt?»

«Das war auf der Weihnachtsfeier unserer Abteilung oder besser gesagt danach. Mir ging es an dem Tag nicht gut und ein paar von den Jungs hatten die Idee, noch ein Bordell aufzusuchen. Ich war vom Alkohol schon ziemlich angeschlagen und bin einfach mitgegangen. Tja, und da traf ich dann Julija.»

Jens stieß einen leisen Pfiff aus. Seine Ahnung hatte sich also bewahrheitet.

«Das klingt ja wie im Märchen.»

«Ich kann mir schon vorstellen, was du denkst. Aber unsere Liebe ist echt. Wenn Julija sich bereichern wollte, hätte sie sich sicher einen solventeren Kunden ausgesucht.»

«Da ist was dran», stimmte Jens ihm nachdenklich zu und fuhr mit der Hand über seinen Dreitagebart. Eine Weile lang fixierte er die Spirituosenflaschen in den Glasregalen hinter dem Tresen, bis er sich wieder Pascal zuwandte:

«Alles klar, ich leihe dir die Achttausend.»

Der Signalton einer neuen Nachricht ließ Julija blitzschnell nach ihrem Handy greifen. Einen Augenblick später stieß sie einen kurzen Freudenschrei aus.

«Er hat es geschafft! Sein Freund leiht ihm das Geld für Shqipron.»

Tränen der Rührung flossen aus den Augen der jungen Frau,

und Tamara nahm sie freudig in den Arm. Bald schon würde ihre Kleine den Fängen des Albaners entrissen sein.

«Ich freue mich so für dich, Engelchen.»

«Schau, er hat noch ein Bild geschickt.»

Julija hielt ihr das Display hin, worauf ein Foto zu sehen war, das zwei Männer am Tresen eines Lokals zeigte. Der rechte war Pascal, der überglücklich aussah und dem älteren Mann neben ihm den Arm um den Hals gelegt hatte. Sofort fielen ihr seine traurigen blauen Augen auf. Sie schienen Tamara direkt anzublicken. Hellwach und gleichzeitig zutiefst betrübt. Ein merkwürdiger Widerspruch, der sie anrührte. Vor dem Mann stand ein Glas neben dem ein Ring lag. Das schlichte Schmuckstück erweckte ihre Aufmerksamkeit, da es aus einem ungewöhnlichen Material gefertigt zu sein schien.

«Ist das der Freund von Pascal?», fragte sie neugierig.

«Ja, das ist Jens, von dem er mir schon viel erzählt hat.»

«Und was ist er für ein Mensch?»

«Er ist wohl ein guter Arzt, der im dortigen Krankenhaus arbeitet. Pascal spricht immer mit großer Bewunderung von ihm.»

«Eigentlich ein hübscher Kerl, dieser Jens, aber er sieht so unglücklich aus.»

«Vor ein paar Jahren ist seine Verlobte bei einem Autounfall ums Leben gekommen. Er saß am Steuer und gibt sich seitdem die Schuld dafür, obwohl er nichts falsch gemacht hatte. Der Verursacher des Unfalls war wohl ein Rennen gefahren und über die rote Ampel einer Kreuzung gerast, die Jens gerade bei Grün passierte. Der Raser fuhr ihm ungebremst in die Beifahrerseite und seine Verlobte starb neben ihm im Wagen.»

Tamara nickte stumm zu dem Gesagten. Sie wusste nur zu

gut wie es sich anfühlte, wenn einem das Liebste genommen wurde, wie bei ihr damals durch die Separatisten im Donbass vor acht Jahren. Danach war ihr Leben aus den Fugen geraten und hatte zu dem geführt, was heute war.

Zum festgelegten Zeitpunkt am Samstagnachmittag erreichten Jens und Pascal den Parkplatz einer heruntergekommenen Industriebrache bei Köln Porz. Schon von Weitem konnten sie die große, schwarze Mercedes-Limousine erkennen, die dort als einziges Auto abgestellt war.

«An Klischees ist wohl mehr dran, als man glaubt», murmelte Jens, während er seinen Citroën CX vis-à-vis in rund fünfundzwanzig Metern Entfernung parkte. Dann legte er die Hände auf das Lenkrad und analysierte nachdenklich ihre Situation:

«So, wie ich das sehe, wird es ablaufen wie in einem schlechten Krimi. Im älteste Gewerbe der Welt hat man wohl wenig Sinn für Neuerungen. Auf geht's.»

Die beiden Männer verließen den Wagen und stellten sich nebeneinander vor die flache Motorhaube des goldfarbenen Oldtimers. Offensichtlich schien es auch zum Drehbuch zu gehören, die Bittsteller warten zu lassen. Ein bleierner Himmel lag erdrückend über der Szenerie, und die kalte Februarluft ließ Jens trotz seines Mantels erschaudern. Sie waren direkt nach seinem Dienst aufgebrochen, ohne dass er sich Gedanken um die passende Kleidung für eine Geldübergabe hätte machen können. Genervt von diesem albernen B-Movie-Gehabe rief er in Richtung der dunklen S-Klasse:

«Ist die Zentralverriegelung kaputt oder warum kommt ihr nicht raus? Ich frier' mir hier den Arsch ab!»

Kurze Zeit später öffneten sich die vier Türen der Limousine.

Vorne verließen zwei Männer das Fahrzeug und dem Fond entstiegen zwei Frauen.

«Die Frau auf der linken Seite des Wagens ist Julija und die rechts ihre Freundin Tamara», gab Pascal nervös Auskunft.

«Nerven behalten!», grummelte Jens, «Wichtig ist der Typ auf der Beifahrerseite. Das ist unser Mann.»

Der Fahrer ging zum Heck des Wagens, öffnete den Kofferraum und entnahm ihm eine Reisetasche, die er neben Julija auf den Boden abstellte. Nachdem der Chauffeur sich wieder bei seiner Tür positioniert hatte, setzte sich der gedrungene Mann von der Beifahrerseite langsam in Bewegung auf sie zu.

«Dein Auftritt, Pascal. It's showtime.», raunte er seinem Kumpel halblaut zu und klopfte ihm dabei aufmunternd auf die Schulter. Gemessenen Schrittes gingen die beiden Männer aufeinander zu und trafen sich in der Mitte. Jens beobachtete, wie sein Freund dem Albaner einen dicken Briefumschlag mit den Geldscheinen hinhielt. Doch statt ihn an sich zu nehmen, zeigte Shqipron plötzlich mit dem Finger in Jens' Richtung. Was hatte das zu bedeuten? Ging es jetzt etwa um ihn? Der Arzt konnte sich beim besten Willen keinen Reim auf das Geschehen vor ihm machen. Dann drehte Pascal sich um und trottete zu ihm zurück.

«Der beschissene Lude ist doch nicht mehr ganz dicht. Er will nicht das Geld, sondern dein Auto.»

«Den CX? Warum das denn? So viel mehr wert ist die Karre doch auch nicht.»

«Würdest du ihm den Citroën denn geben?»

«Klar würde ich das, ist ja schließlich für einen guten Zweck. Am besten rede ich mal selbst mit dem Herrn.»

Zügig ging er auf den untersetzten Mann mit der Lederjacke

zu. Als sie sich gegenüber standen, begann Shqipron unumwunden das Gespräch:

«Ein schönes Auto fahren sie da, Herr Doktor.»

«Vielen Danke, ich bin ganz zufrieden.»

«So ein CX Prestige der ersten Baureihe gibt es selten in dem guten Zustand.»

«Da bin ich leider überfragt. Ich fahre den Wagen schon seit vielen Jahren.»

«Ihr Freund wird es Ihnen sicher schon gesagt haben, dass ich mich für ihr Auto von Julija trennen würde.»

«Er erwähnte so etwas.»

«Und? Machen Sie's?»

Der Arzt fixierte sein Gegenüber einen Moment lang, bis er mit einem Lächeln fragte:

«Beantworten Sie mir erst noch eine Frage. Warum wollen Sie den Citroën und nicht das Geld?»

«Oldtimer werden eigentlich nur von deren Liebhabern gefahren. Deshalb glaube ich, dass dieser Verlust sie mehr schmerzt als lediglich das Geld.»

Jens nickte verständig und tat so, als müsste er nachdenken. In Wirklichkeit stand sein Entschluss bereits fest. Um ein wenig Zeit zu schinden, blickte er zuerst Julija an und drehte sich anschließend zu Pascal um. Dann griff er in die Innentasche seines Mantels, zog die Fahrzeugpapiere heraus und hielt sie dem Albaner hin.

«Die Karre gehört jetzt Ihnen.»

Der Mann vor ihm griff nach der Zulassungsbescheinigung und klappte sie auf.

«Ein 1978er mit Saugrohreinspritzung. Da habe ich wohl ein gutes Geschäft gemacht.»

«Können wir jetzt bitte zu Ihrem Teil der Vereinbarung kommen?», entgegnete Jens gereizt.

Shqipron machte ein Zeichen mit der rechten Hand, ohne von den Papieren aufzuschauen. Daraufhin nahm Julija ihre Reisetasche und marschierte los. Am Verhandlungsort angekommen, blieb sie links neben dem Albaner stehen. Aufmerksam betrachtete der Arzt die junge Frau, die ihn verlegen anlächelte. Mit ihren orange gefärbten Haaren erinnerte sie ihn ein wenig an die Hauptdarstellerin von ‚Das fünfte Element‘.

«Meinen Sie wirklich, dass die kleine Hure das wert ist?»

«Diese Entscheidung hat mein Freund getroffen. Was ich denke, ist hier vollkommen irrelevant.»

Shqipron sah ihn einige Augenblicke lang mit zusammengekniffenen Augen an, als hätte er diese Antwort nicht erwartet. Schließlich gab er Julija einen derben Stoß in den Rücken mit den Worten:

«Da habt ihr euer Fleisch!»

Fast wäre sie gestolpert. Als sie sich wieder gefangen hatte ging sie mit ruhigen Schritten auf Pascal und das Auto zu.

«Wie reizend. Sie sind ja ein richtiger Altruist», kommentierte er das rüde Vorgehen des Albaners. Unbeeindruckt zog dieser ein blaues Büchlein aus seiner Jackentasche und wedelte damit ein paarmal durch die Luft. Jens erkannte, dass es ein Reisepass war. Vermutlich der von Julija.

«Und den bekommen Sie, wenn ich den Fahrzeugbrief habe.»

«Machen Sie sich bitte keine Umstände. Der Brief liegt im Handschuhfach.»

Shqipron stutzte kurz, dann drehte er sich zu Tamara um und rief ihr zu:

«Schau nach, ob die Fahrzeugpapiere dieses Herrn in seinem Handschuhfach sind.»

Die Angesprochene eilte zu der offenen Beifahrertür des CX

und beugte sich ins Wageninnere. Einige Augenblicke später richtete sie sich wieder auf und streckte die Hand mit der Zulassungsbescheinigung in die Luft. Rasch brachte sie den Schein zu Shqipron. Während dieser die Angaben darauf prüfte, warf die Frau Jens einen vielsagenden Blick zu, den er nicht zu deuten vermochte, und ging danach langsam zu dem schwarzen Mercedes zurück. Nachdenklich schaute er ihrer schmalen Silhouette hinterher, während der Wind durch ihre langen blonden Haare zauste. Jäh unterbrach Shqipron seine Gedanken:

«Es scheint alles ok zu sein.»

«Dann wäre der wohl jetzt mir, werter Menschenfreund», entgegnete Jens und nahm dem Albaner den Reisepass aus der Hand.

«Warum verachten Sie mich? Bin ich nicht ein ganz normaler Mensch der atmet, erkrankt und blutet, genau wie Sie.»

Jens sah den Mann durchdringend an. Was wollte dieser Typ von ihm? Ein bisschen quatschen? Eine Absolution? Da ihr Geschäft ja bereits abgeschlossen war, musste er mit seinem Menschenbild nicht länger hinter dem Berg halten.

«Wir leben beide vom Leid der anderen, allerdings mit dem Unterschied, dass ich es bekämpfe und Sie es verursachen.»

«Sie sind ein elender Bastard.»

Damit schien für Shqipron die Unterhaltung beendet zu sein. Er gab seinem Fahrer ein Zeichen, woraufhin dieser und Tamara in die dunkle Limousine stiegen. Währenddessen ging der Albaner zu dem Citroën, setzte sich hinein und fuhr los. Der Mercedes folgte ihm. Pascal und Julija waren mittlerweile zu Jens gekommen, der immer noch in die Richtung starrte, in die sein Fahrzeug verschwunden war.

«Mensch Alter, ich kann es immer noch nicht fassen, dass du dem Typ dein Auto gegeben hast.»

«Er wird nicht viel Freude mit dem Wagen haben. Die Zylinderkopfdichtug ist nämlich kaputt. Es ist eben nicht immer alles Gold, was glänzt.»

«Trotzdem, ich dachte du hängst an dem Wagen.»

«Das ist doch nur ein Stück Blech, dessen Reparatur ein kleines Vermögen kosten würde. Ich hätte ihn deshalb letzte Woche beinahe verkauft. Darum lag auch der Fahrzeugbrief im Handschuhfach.»

«Da haben Julija und ich ja richtig Glück gehabt, dass du den Wagen nicht veräußert hast.»

Jens betrachtete die beiden eingehend. Das Glück war schon ein merkwürdiges Zusammenspiel von unwägbaren Faktoren. Eine Weihnachtsfeier, Alkohol, ein wenig Frust und eine ukrainische Prostituierte. Nüchtern betrachtet hätte diese Aneinanderreihung von Kausalitäten ebenso ein Unglück hervorrufen können. Die Trennschärfe zwischen Freude und Leid war anscheinend nicht besonders hoch.

«Wie auch immer. Nun bin ich das Ding auf jeden Fall los.»

«Nach all dem, was du für mich getan hast, wirst du natürlich mein Trauzeuge.»

«Jetzt übertreib es nicht gleich, Romeo, und ruf' uns lieber ein Taxi, damit wir diesen elenden Sklavenmarkt endlich verlassen können.»

Jäh durchzuckte eine düstere Ahnung seine Gedanken. Ruckartig umfasste er mit seiner rechten Hand die Linke.

«Scheiße!», stieß er gepresst hervor.

«Was ist los?», fragte Pascal bestürzt und fasste ihn bei den Schultern.

«Der Ring! Ich trage ihn ja nicht bei der Arbeit. Er ist noch im Wagen.»

Seitdem ihre Freundin fort war, dachte Tamara wieder regelmäßig an den großen Schatten, der über ihrer Vergangenheit lag. Der Tod ihres Mannes bei den Kämpfen in Luhansk hatte damals auch ihren Lebenswillen erlöschen lassen. Jahrelang war sie innerlich erstarrt gewesen und der Fähigkeit beraubt, etwas zu empfinden. Erst ihrer Kollegin Julija gelang es, durch ihre unbeschwerte Art und Fröhlichkeit, sie wieder für das Leben zu öffnen. Auch wenn es nur ein schmaler Spalt war, durch den ein wenig Licht auf ihre gebrochene Seele fiel. Doch mit Julijas Weggang hatte sich diese kleine Öffnung wieder geschlossen. Trauer und Verzweiflung krochen erneut in Tamara hoch. Allerdings gab es diesmal einen winzigen Funken der Hoffnung in all der Dunkelheit. Eine seltsame Fügung des Schicksals bot ihr eine Chance, von der sie noch nicht wusste, wie sie sie nutzen sollte.

Jens hatte zwar nicht viele Worte um den Verlust seines Rings gemacht, trotzdem spürte er, dass Pascal sich seitdem mit Schuldgefühlen plagte. Rational betrachtet war das Metallding lediglich ein Relikt aus einer längst zurückliegenden Vergangenheit. Deshalb versuchte er auch den vermeintlichen Schaden klein zu reden, als sie sich ein paar Tage nach dem Handel wieder in Jens' Stammlokal trafen.

«Sieh es einfach positiv, junger Jedi. Das Stück Meteoriteneisen hat mich nur traurig gemacht und dir zu deinem Glück verholfen. Welcher Wert ist wohl höher anzusiedeln in diesem kalten Universum?»

«Ich habe mal nach deinem Citroën im Netz gesucht. Da gibt es ein paar ganz interessante Angebote, gar nicht weit entfernt.»

«Ach Pascal, vergiss den CX. Ich habe mir überlegt, mal

etwas Sportlicheres zu fahren. Als Fußgänger hat mal ja viel Zeit zum Nachdenken.»

«Dann hat meine Beziehung zu Julija bei dir also auch etwas ausgelöst?»

«Quatsch, das ist die Midlife-Crisis oder das Klimakterium. Ich bin mir da noch nicht ganz sicher.»

«Das würde natürlich auch deine Launen erklären. Gegen die Hitzewallungen soll übrigens Melatonin helfen.»

«Woher weißt du so etwas? Bist du etwa Arzt?»

«Das habe ich in einem Glückskeks gelesen.»

«Zu deiner Julija kann ich dich nur beglückwünschen. Sie passt wirklich super zu dir.»

«Es freut mich, dass du sie magst. Oder muss ich mir etwa Gedanken machen?»

Jens lachte trocken auf.

«Keine Sorge, sie ist nicht mein Typ. Mach du jetzt erstmal deinen Facharzt und dann kannst du mit ihr eine Familie gründen. Läuft doch gut.»

«Richtig gut», stimmte Pascal ihm zu.

Es war schon spät, und das Lokal hatte sich bereits merklich geleert. Untermalt wurde die fortschreitende Tristesse durch die schwermütigen Klänge von ‚In the Air Tonight'. Jens wollte noch nicht nach Hause gehen, obwohl sein Dienstplan ihm das dringend nahelegte. Stattdessen hatte er bereits zum dritten Mal seinen letzten Drink geordert. Ohne Stellas Ring schien sein Leben den Anker verloren zu haben. Ziellos trieb er nun umher. Oder war das, was er da spürte, ein Gefühl von Freiheit? Aber je länger er darüber nachdachte, um so unentscheidbarer erschien ihm diese Frage. In Gedanken versunken bemerkte er mit einem Mal, dass jemand von hinten an ihn herangetreten war. Unwillkürlich drehte er den Kopf zur Seite und stellte erstaunt fest, dass es Tamara war.

«Was machst du denn hier?», fragte Pascal sichtlich überrascht.

«Ich habe Julija ein paar Sachen gebracht», erwiderte sie beiläufig. Dann wanderte ihr Blick zu Jens. Sie sah ihm direkt in die Augen und lächelte.

«Außerdem wollte ich mich noch persönlich bei Ihnen bedanken für das, was Sie für Julija getan haben. Ich bin so froh, dass sie jetzt eine Chance auf ein normales Leben hat.» Jens setze ein Lächeln auf und nickte kurz.

«Das hätten Sie doch auch für ihre Freundin getan.»

«Sicher, aber ich hatte nicht die Möglichkeit dazu.»

«Kommen Sie, trinken Sie etwas mit uns. Der Freund ihrer Freundin zahlt heute Abend die Zeche.»
Pascal blickte ihn verwundert an.

«Davon wusste ich bisher noch nichts.»

«Sieh es als Zinsen für das geliehene Geld.» Und an Tamara gewandt: «Finden Sie nicht auch, dass der Junge manchmal ganz schön naiv ist?»

«Er ist eben noch jung und unverbraucht, anders als wir.» Nach einer kurzen Pause fuhr sie fort: «Sagen Sie doch Tamara zu mir.»

«Gerne. Meine Eltern hielten Jens für einen schönen Vornamen.»
Die Frau aus der Ukraine lachte.

«Jetzt wird es aber höchste Zeit etwas zu trinken, bevor das Kratzen in meinem Hals chronisch wird. Was soll ich dir bestellen?»

«Ich nehme das Gleiche wie du.»
Jens signalisierte der Bedienung zwei weitere Whisky zu

bringen. Danach deutete Tamara auf eine Stelle neben seinem Glas.

«Fehlt da nicht etwas?»

Der Angesprochene stutzte kurz.

«Meinst du etwa den Ring?»

«Ich hatte ihn auf dem Foto gesehen. Er ist doch aus so einem merkwürdigen Metall?»

«Das ist Meteoriteneisen.»

Die Barkeeperin stellte die beiden neuen Gläser neben Jens ab und nahm das Leere an sich. Er bedankte sich mit einem kurzen Kopfnicken in ihre Richtung. Als er sich wieder Tamara zuwandte, hielt sie ihm einen kleinen Gegenstand hin. Es war sein Verlobungsring. Sprachlos starrte er ihn an.

«Ich habe ihn im Handschuhfach gefunden, als ich nach den Fahrzeugpapieren gesucht habe. Er ist wirklich sehr schön.»

«Das ist ja unglaublich. Ich hätte nicht gedacht, dass ich ihn je wiederbekommen würde.»

Mit angehaltenem Atem streckte er vorsichtig seine Hand danach aus. Gewohnheitsmäßig wollte er ihn auf den Finger stecken, doch dann zögerte er und legte ihn auf die Theke hinter sich.

«Vielen Dank. Ich stehe jetzt tief in deiner Schuld.»

Die blonde Frau angelte sich einen der beiden Drinks vom Tresen, hielt ihn hoch und sagte:

«Auf dein Wohl. Du schuldest mir gar nichts.»

Irritiert vom Gang der Ereignisse, nahm auch Jens seinen Whisky in die Hand.

«Aber du könntest mir helfen.»

Das war wirklich geschickt von ihr, einen Deal, wie eine freiwillige Hilfe darzustellen, musste er anerkennend feststellen. Tamara war also nicht nur attraktiv, sondern auch clever.

«Selbstverständlich helfe ich dir, wenn ich es kann. Du hast verdammt was gut bei mir.»

Sie stießen an und tranken. Über den dicken Glasrand hinweg blickte er in ihre großen, braunen Augen. Was mochte dahinter nur vorgehen? Welche Gegenleistung würde sie von ihm erwarten? Sie zwinkerte ihm zu, bevor sie das Glas wieder senkte.

«Denkst du, der Ring ist dir noch mal achttausend Euro wert?»

«Wie meinst du das?», erwiderte er überrascht.

«Ich möchte nicht mehr für Shqipron arbeiten und auch aussteigen.»

Darum geht es also, dachte Jens. Ihre Vorgehensweise erschien ihm jedoch nicht ganz schlüssig.

«Warum hast du mir den Ring nicht einfach per Mail zum Kauf angeboten?»

«Weil ich dich mag und du meiner Freundin geholfen hast», antwortete Tamara, «Du bist ein guter Mensch, obwohl das Schicksal dir übel mitgespielt hat.»

Während sie das aussprach, zeigte sie auf das Schmuckstück. Er folgte ihrer Geste und schaute hinter sich auf den Tresen. Langsam wurde ihm bewusst, dass das, was dort lag, kein Anker für sein Leben war, sondern lediglich ein Teil seiner Geschichte.

«Der Ring hat mich all die Jahre blind gemacht. Ich lebte fortwährend in der Vergangenheit und hatte keinen Sinn für die Gegenwart und die Menschen um mich herum.»

Benommen nahm er einen Schluck aus seinem Glas. Hatte er sein Leben nach Stellas Tod wirklich so vertan, erstarrt in rückwärtsgewandter Ignoranz? Auch war Geld für ihn lediglich eine Zahl auf einem Kontoauszug gewesen. Etwas Notwendiges, aber ohne weitere Bedeutung. Mit Tamara bekamen diese abstrakten Ziffern unvermittelt einen tieferen Wert, indem sie ein ganzes Leben verändern konnten.

«Selbstverständlich bekommst du das Geld von mir.»

Kaum hatte er den Satz zu Ende gesprochen, fiel sie ihm um den Hals. Er stellte seinen Whisky ab und nahm sie in die Arme. Dann schloss er die Augen und genoss den süßlichen Duft des Parfüms auf ihrer Haut. Wenige Augenblicke später spürte er, wie er in dem Gefühl ihres warmen und atmenden Körpers versank.

«Du kannst mich ruhig küssen», flüsterte Tamara ihm ins Ohr, «Das dürfen meine Kunden nicht.»

ZWISCHENZEIT

Nach langen, zähen Stunden war die Schicht schließlich zu Ende. Erschöpft trat er ins Freie unter das Vordach der großen Halle, in deren mechanisiertem Inneren er unzählige Pakete von Rutschen auf Rollwagen gewuchtet hatte. Eine nie endendende Lawine aus beigen Quadern, die sich Nacht für Nacht vom Transportband aus über ihn ergoss. Gleich einem Lindwurm spuckte es statt Feuer Berge von Kartonage aus, die er unmöglich abtragen konnte – egal wie sehr er sich auch anstrengte. Es war einfach nur endlos und sinnlos. Die Luft draußen vor der Schwingtür war von einer ernüchternden Sauberkeit, an die er sich erst wieder gewöhnen musste. Sein Blick glitt müde über die lange Reihe von Laderampen bis er am Horizont den schmalen Streifen des ersten Lichts eines neuen Tages erkennen konnte. Aufatmend nahm er die Zigaretten aus der Seitentasche seiner Hose und zündete sich eine an. Das scharrende Geräusch der kleinen Walze, die sich am Feuerstein rieb, ließ ihn aufhorchen.

Regen setzte ein und prasselte auf seinen Kopf und seine Seele, als er unter dem Vordach hervortrat. Die kalte Nässe vermischte sich mit dem Schweiß auf seiner Haut und ließ ihn erschauern. Langsam schritt er mit den schweren Sicherheitsstiefeln über das feucht glänzende Betonpflaster. Wie so oft schwor er sich, dass dies seine letzte Schicht gewesen war. Im trüben Licht der großen Bogenlampen erschien ihm jedes erdenkliche Schicksal besser als dieser verzehrende

Moloch. Seine Gedanken suchten kraftlos nach einem Ausweg aus einem wiederkehrenden Albtraum, bei dem es kein Erwachen gab. Doch alles, was ihm in den Sinn kam, waren nur die altbekannten Widerstände und Barrieren, die ihn in diesen Job zwangen. Ein Job, der seine Existenz ermöglichte und sie zugleich auffraß. Am Haupttor angelangt legte er seinen Ausweis auf den Scanner und stemmte sich gegen das Drehkreuz. Behäbig setzte sich der schwerfällige Mechanismus in Bewegung. Ein metallisches Klacken und das mahlende Rauschen der Lager zerschnitten seine fahrigen Gedanken. Er hielt kurz inne. Das Geräusch schien ihn aus einer Art von Trance zu wecken und er beschleunigte seine Schritte in Richtung des Parkplatzes.

Er schloss sein Auto auf und nahm, ohne sich zu setzen, das Handy aus dem Handschuhfach. Natürlich hatte er geahnt, dass keine Nachricht von ihr eingegangen war, dennoch hatte er es gehofft. Resigniert ließ er sich auf den Sitz gleiten. Anfangs hatte er die Schaltkreise des Geräts angefleht, ihm ein Zeichen von ihr zu senden. Ein paar Worte nur. Die erlösende Botschaft, dass vielleicht alles wieder wie früher werden kann. Aber dieses Früher gab es schon lange nicht mehr und lag viele Wochen zurück in der Vergangenheit. Die Hoffnung stirbt zuletzt, drängte es in sein Bewusstsein. Doch das war lediglich eine von diesen albernen Phrasen, mit denen sich die Menschen nur zu gerne von der Wahrheit abzulenken versuchten. Denn so, wie sich die Hoffnung im Laufe der Zeit abnutzte, schmolz auch der Schmerz der Enttäuschung zu einem Rinnsal der Trauer dahin, das fortan durch sein Leben floss. Eine Weile fixierte er noch die Regentropfen auf der Windschutzscheibe hinter denen sich das Morgengrauen bereits deutlich abzeichnete, bevor er den kaum sichtbaren Vorgängen von Entstehen und Vergehen mit dem Scheibenwischer ein Ende setzte.

Es war still im Haus und das diffuse Morgenlicht gab seiner Wohnung bereits sichtbare Konturen. Dankbar stellte er fest, dass er darauf verzichten konnte, das Licht einzuschalten. Im Halbdunkel sackte er auf seinem Stuhl am Küchentisch zusammen. Eine Zeitlang saß er unbeweglich da und spürte nach und nach, wie seine Muskeln schmerzten. Mit den Fingerspitzen zog er den Aschenbecher näher heran, um ihn mit dem aufgestützten Arm benutzen zu können. Die Schicht lag hinter ihm, aber in einer Welt, die um ihn herum erwachte und dem Weckruf von Fernsehen und Radio folgte, gab es keinen Feierabend. Dieses Wort war zu einer absurden Chiffre geworden, seitdem er in der Nacht arbeitete. Es war früh am Tag und er musste jetzt einfach schlafen – egal wie. Vor ihm standen eine leere Flasche und ein halb volles Glas und von gestern. Lediglich die rückwärtsgewandte Zeitrechnung hatte noch eine Bedeutung für ihn, da er bereits heute Abend um halb zwölf wieder auf der Schicht sein musste. Ein Morgen schien es in seinem Leben nicht mehr zu geben. Er griff nach dem Glas mit der warmen dunklen Flüssigkeit und leerte es in einem Zug. Genau deshalb mochte er Brandy so gerne, weil er nicht kalt getrunken werden musste. Sanft sickerte der Alkohol in seine Blutbahn, und er spürte wie sich seine Muskeln entspannten. Er genoss das Gefühl wie Körper und Geist allmählich weicher wurden, so dass er sich wieder fühlen konnte.

Auf der Anrichte links von ihm stand eine volle Flasche des spanischen Weinbrands. Er griff danach, ohne sich vom Stuhl zu erheben. Dann legte er die rechte Hand um den Flaschenhals und drehte langsam den Verschluss. Das leise Knacken der Aluminiumkappe, gefolgt von dem scharrenden Reiben der Windungen auf dem Glas wirkten beruhigend auf ihn. Bald schon würden die Grübeleien aufhören und er sich in sein Leben fügen. Dem schlafwandlerischen Taumel mit schmerzenden Gliedern, in der die Zeit ihre Bedeutung verloren hatte.

LETZTE WAHRHEITEN

Der feuchte Nebel schien die Farben der Umgebung aufgesogen zu haben. Schemenhaft wirkten die abgestorbenen Bäume und der breite Fluss, der unbewegt und endlos die bleiche Landschaft durchschnitt. Lediglich der gepflasterte Pfad vor seinen Füßen hob sich deutlich von der schwarzen Erde ab. Diesem Weg musste er folgen, um zu der Halle am Ufer zu gelangen. Seine blanken Steine boten die einzige Orientierung und erinnerten ihn daran, wie viele Menschen vor ihm hier entlang gegangen waren. Männer, Frauen und Kinder – alle hatten sie diesen Weg beschritten in ihr unumkehrbares Schicksal, in die Dunkelheit.

Langsam zeichneten sich die Umrisse eines großen Gebäudes am Gestade des Flusses ab. Kein Geräusch war zu hören außer denen seiner Schritte und seines stockenden Atems. Nur diese monotonen Unterbrechungen der allgegenwärtigen Stille machten ihm bewusst, ein Teil dieses verblichenen Gemäldes zu sein. Hinzu kam der brennende Schmerz in seinem rechten Arm, der ihn seiner Existenz vergewisserte. Dieses verzehrende Gefühl war alles, was ihm geblieben war. Mit ihm als mahnenden Begleiter war er auf den Pflastersteinen des Weges aufgewacht. Und seitdem hielt er mit seiner linken Hand den Unterarm umklammert, der in einem mit Blut verkrusteten Stumpf endete. Getrieben von der Hoffnung auf Erlösung setzte er seinen Weg langsam und unter Qualen fort, bis er die schlichte Säulenhalle schließlich erreichte.

Alleine in dem großen, schmucklosen Raum hatte er auf einer der vielen Steinbänke Platz genommen. Die Eintönigkeit der Umgebung schien sich in diesem Halbdunkel nahtlos fortzusetzen. Nach einiger Zeit konnte er an der gegenüberliegenden Giebelwand die eingemeißelten Worte ‚Bedenke, dass du sterblich bist‘ erkennen. Ein bitteres Lächeln bewegte kurz seine Mundwinkel. Dann wandte er den Blick auf die Säulenreihe rechts von ihm, durch die der große Fluss zu sehen war. Unbeweglich lag darin ein mächtiger, schwarzer Kahn, der am Ufer vertäut war. Mehr gab es nicht zu sehen. Während er da saß, war der Schmerz in seinem Arm fast nahezu verschwunden. Und so ließ er gedankenverloren eine silberne Geldmünze immer wieder durch die Finger gleiten.

Ein wenig später hörte er ein Keuchen, und ein junger Mann stolperte in die Halle. Verschwitzt und außer Atem ließ er sich auf die Sitzbank ihm gegenüber sinken. Unwillkürlich wollte Kynaigeiros sich erheben, um dem Neuankömmling die Hand zu reichen. Doch dann erinnerte er sich, dass ein Schwerthieb ihm diese Möglichkeit genommen hatte.

«Wer bist du?», fragte er stattdessen und fügte einen kurzen Moment später hinzu: «Kommst du auch aus Marathon?»
Der Angesprochene richtete sich langsam aus seiner zusammengesunkenen Haltung auf, bis er ihm in die Augen blicken konnte.

«Ich heiße Thersippos. Und ja, ich war auch in Marathon.»
Die Antwort des Fremden elektrisierte ihn und ein kurzer
Anflug von Freude durchzuckte seinen geschundenen Kör-
per. Hier einen Kameraden zu treffen, ließ ihn den düsteren
Ort fast vergessen.

«Dann haben wir zusammen dort gekämpft. Ich bin Kynaigeiros und diente in der Einheit von Kallimachos.»
Der junge Mann schwieg. Schließlich schüttelte er den Kopf
und erwiderte mit schwacher Stimme:

«Ich bin kein Soldat. Ich bin ein Botenläufer und wurde
mit der Nachricht vom Sieg unserer Truppen nach Athen
gesandt.»
Verwundert sah er den Jüngling an.

«Aber wieso bist du dann hier?»
Kynaigeiros musste an die vielen Toten am Strand denken,
die mit ihrem Blut den hellen Sand rot gefärbt hatten. Krieger mit Speer und Schild hatten sich dort dem Feind entgegen geworfen. Er verstand nicht, wie ein Bote, dessen Platz
weit weg von der Phalanx war, bei diesem Kampf sein Leben
verlieren konnte.

Thersippos verzog das Gesicht zu einem grimmigen Lächeln,
bevor er ruhig dem bärtigen Mann antwortete:

«Es war ein heißer Tag und ich lief sehr schnell nach Athen
zurück. Schließlich mussten die Bürger erfahren, dass der
Feind aufgehalten worden war. Nachdem ich dem Rat die
Botschaft überbracht hatte, bin ich an Erschöpfung gestor-
ben.»
Sein Gegenüber wirkte überrascht.

«So bist du doch ein Kamerad von mir», entgegnete der
Soldat betont jovial, «Ein Mann, der genau wie ich für die
Freiheit sein Leben gelassen hat.»

Kynaigeiros' Versuch einer Verbrüderung ärgerte ihn.

«Welche Freiheit meist du? Meine Eltern sind Sklaven und deshalb bin auch ich einer», stieß Thersippos spröde hervor. Dabei ahnte er die Antwort des athener Soldaten bereits voraus.

«Ich meine die Freiheit, nicht unter der Herrschaft des Despoten Daraios leben zu müssen.»
Am liebsten hätte der junge Bote über diese elitäre Weltanschauung gelacht. Pathos und Mythos dienten für ihn seit jeher als Kitt einer Gesellschaft.

«Es ändert nichts für einen Sklaven, ob er von Persern oder Griechen unters Joch gezwungen wird.»
Die Evidenz diese einfache Wahrheit ließ seinen Gesprächspartner verstummen. Es vergingen einige Augenlicke, bis Kynaigeiros sich erneut an ihn wandte:

«Aber in Athen gibt es die Demokratie. Dort regiert das Volk.»
Das große Wort der Volksherrschaft war für Thersippos jedoch kaum mehr als ein Feigenblatt, das die wahren Verhältnisse nicht annähernd bedecken konnte.

«Dort entscheiden freie Männer wie du über die Geschicke der anderen.»
Scheinbar unbeeindruckt fuhr der verstümmelte Krieger fort:

«Und trotzdem haben wir zusammen diesen glorreichen Sieg errungen.»
In seinen Gedanken kehrte der Nachrichtenläufer nach Marathon zurück. Dort hatte er vom höher gelegen Feldlager aus das Aufeinandertreffen der Truppen genau beobachten können.

«Es war doch nur ein Gefecht an einem Strand, bei dem

ein Expeditionskorps der Perser ins Meer zurück geworfen wurde.»

Kynaigeiros zögerte kurz, bevor er belehrend den Zeigefinger der linken Hand hob.

«Nicht wir entscheiden über die Größe unserer Taten. Das tun die nachfolgenden Generationen in ihren Erinnerungen.»

Schon wollte Thersippos erwidern, dass dies nicht die Wahrheit wäre. Aber dann fielen ihm die Philosophen ein, die auf den Straßen von Athen lehrten, dass ein Erkennen der Wirklichkeit für den Menschen unmöglich ist. Er musste an die unsterblichen Helden denken, die in Epen und Legenden die Vergangenheit prägten. Alles Menschliche schien darin überhöht und dem Göttlichen gleich gestellt zu sein. Während er nachdachte, keimte in dem jungen Mann langsam eine diffuse Hoffnung auf.

«Du meinst also, dass auch der Lauf eines unbedeutenden Boten in die Geschichte eingehen kann?»

«Natürlich kann er das», bestätigte ihn Kynaigeiros euphorisch, «Solche Heldentaten werden sich die Menschen wieder und wieder erzählen. Ganz gleich, ob sie wahr sind oder erfunden.»

Langsam begriff er, dass der Krieger Recht hatte. Das Wissen um die Welt war nicht mehr als ein Zerrbild. Ein Schatten in der Dämmerung ohne Farbe und Gestalt, gekleidet in die dürren Worte alter Männer.

«So kann auch eine Lüge zur Wahrheit werden?»

Der bärtige Mann nickte zustimmend während er sinnierend vor sich hin blickte. Schließlich stand er auf und legte Thersippos seine Hand auf die Schulter.

«Die Wahrheit ist ein Geschöpf der Menschen. Nicht die Geschichte, sondern die Geschichten werden überdauern.»

Fast unmerklich war eine große, hagere Gestalt durch die Säulenreihe in den Raum getreten. Unter der Kapuze der dunklen Fährmannskutte waren lediglich seine glänzenden Augen zu erkennen. Lautlos hielt er ihnen die geöffnete Hand hin, um so den Lohn für die bevorstehende Überfahrt entgegenzunehmen.

Geschichtlicher Hintergrund: Die Schlacht bei Marathon (490 v. Chr.) wurde von Herordot überliefert. In seiner Beschreibung verliert Kynaigeiros die rechte Hand bei dem Versuch, ein persisches Schiff am Strand festzuhalten und stirbt an dieser Verletzung. Der Lauf eines Boten nach Athen findet sich nicht in den griechischen Quellen. Dieses Ereignis scheint eine Erfindung von Plutarch aus römischer Zeit zu sein.

ZWISCHEN DEN FRONTEN

Die winterliche Abendsonne drang gleißend durch die Seitenscheiben ins Wageninnere. Sie kamen gut voran und die wärmenden Strahlen lösten zum ersten mal an diesem Tag Irynas quälende Anspannung. Lächelnd wandte sich die junge Frau ihrer Beifahrerin und deren Kindern auf dem Rücksitz zu.

«Bald haben wir es geschafft.»

«Hoffentlich», erwiderte Natalija mit sorgenvollem Blick.

«Wir sind doch schon so weit gekommen. Was soll jetzt noch passieren?», entgegenete die Frau am Steuer. Dabei war sie bemüht eine Zuversicht auszustrahlen, die sie nicht im Geringsten empfand. Viel zu oft schon hatte sie in den sozialen Medien bereits von gescheiterten Fluchtversuchen gelesen.

Ruhig und unbeweglich lag die Landstraße vor ihnen. Nur die langen Schatten vereinzelter Bäume, Häuser und ausgebrannter Fahrzeuge schwärzten ab und zu den Asphalt. Das alles wirkte auf Iryna beklemmend unwirklich und friedlich. Es war so ganz anders wie das Chaos dem sie durch diesen sicheren Korridor entrinnen wollten. Fast schien es ihr als ob ihre Welt wieder die alte werden könnte, als plötzlich ein pfeifendes Rauschen in der Luft zu hören war. Sofort rückte sie näher ans Armaturenbrett heran, um den Himmel durch die gerissene Windschutzscheibe besser beobachten zu können. Dann gab es eine Explosion in einiger Entfernung vor ihnen auf der Straße. Unwillkürlich trat die junge Frau auf die Bremse.

«Nicht anhalten!», hörte sie Natalija schreien. «Wenn wir stehen bleiben, schießen ihre Scharfschützen auf uns.» Sofort wechselte sie mit dem Fuß wieder auf das rechte Pedal.

«Wir müssen in Deckung. Runter von der Straße», stammelte Iryna vor sich hin. Dann fiel ihr ein zweistöckiges Haus am Straßenrand ins Auge. Bis dorthin waren es noch einige Hundert Meter. Eine Maschinengewehrsalve durchschnitt die Luft. Die Fahrerin riss unwillkürlich den Kopf nach unten, hinter das Lenkrad. Auf der Rückbank des Wagens begannen die Kinder zu schreien.

«Sie schießen auf uns!», rief Natalija mit zitternder Stimme. Die junge Mutter hatte sich auf dem Beifahrersitz zusammengekrümmt, um hinter dem Blech der Karosserie Schutz zu suchen. Weitere Schüsse fielen und Iryna merke wie ihr Fahrzeug plötzlich nach rechts zog.

‹Mein Gott, wir sind getroffen›, zuckte es durch ihren Kopf. Krampfhaft hielt sie das Lenkrad fest und spähte vorsichtig über die Motorhaube. Anscheinend waren sie lediglich mit der rechten Fahrzeughälfte von der Straße auf den geschotterten Randstreifen abgekommen. Vorsichtig steuerte die Fahrerin das Auto wieder zurück auf den Asphalt. Das Haus vor ihnen war nun so nahe, dass sie den bescheidenen Vorgarten und einen dahin liegenden Schuppen erkennen konnte. Die erneute Explosion eines Geschosses auf dem Acker links der Fahrbahn ließ Iryna zusammenzucken. Kleine

Steinchen prasselten auf das Dach und gegen die Scheiben des Fahrzeugs. Augenblicklich drücke sie das Gaspedal bis auf das Bodenblech durch. Einige Sekunden lang übertönte der hoch drehende Motor alle Geräusche bis sie mit einer abrupten Bremsung in die schmale Hofeinfahrt abbog. Vor dem Schuppen, der den kleinen Hinterhof begrenzte, kam der Wagen endgültig zum stehen.

«Schnell raus hier!», befahl Iryna reflexartig und öffnete blitzschnell die Fahrertür. Hektisch blickte sie sich um. Wo sollten sie hin um Schutz zu finden? Der Schuppen war nur eine windschiefe Holzkonstruktion unter der ein alter Lada stand. Sekundenbruchteile später fiel ihr Blick auf eine Treppe, die abwärts unter das Haus führte. Dort war der Keller. Dort mussten sie hinein. Hastig legte sie den Fahrersitz um und half Natalijas vierjährigen Sohn von der hinteren Sitzbank nach draußen.

«Da drüben. Zu der Treppe!», rief sie ihrer Beifahrerin atemlos zu und deutete dabei in Richtung des Wohngebäudes. Dann packte sie den Jungen fest am Handgelenk und zog ihn in Richtung der Stufen. Natalija folgte ihnen mit ihrer kleinen Tochter auf dem Arm. Unten angelangt, standen sie vor einer grob gezimmerten Tür. Vorsichtig betätigte Iryna die Klinke. Der Zugang war fest verschlossen. Verzweifelt hämmerte sie gegen das rauhe Holz.

«Hallo! Ist da jemand? Wir sind auf der Flucht und wurden beschossen.»
Hinter ihr schrie ihre Begleiterin in hysterischen Tonfall:
«Lassen Sie uns rein! Hier sind auch Kinder!»
Iryna lauschte keuchend in Richtung der Kellertür. Nach einigen langen Momenten des Wartens bemerkte sie wie der Schlüssel im Schloss gedreht wurde. Die Tür öffnete sich langsam und gab den Blick frei auf einen alten Mann mit

Stoppelbart. Er hielt eine Pistole in der Hand und an der Brust seines abgewetzten Anoraks baumelte eine silberne Medaille.

«Schnell, kommt rein», sagte er mit einem freundlichen Lächeln und ließ die Waffe sinken, «Ich heiße übrigens Juri»

Der gewölbte Keller war für längere Aufenthalte kärglich mit Tisch, Stühlen und einem alten Sofa eingerichtet worden. Auf einem Regal standen Konserven zusammen mit Kochutensilien und einem betagten Benzinkocher. Der alte Mann machte sich sofort daran zu schaffen, um seinen Gästen einen Tee zuzubereiten. Eine schmutzige Glühlampe an der hinteren Wand erhellte den Raum nur unzureichend. Natalija setzte sich mit den Kindern auf die Couch und nahm ihr Smartphone in die Hand, um sie mit einem Film abzulenken.

«Leben Sie alleine hier?», fragte Iryna ihren Gastgeber, nachdem sie sich umgeschaut hatte.

«Bis vor ein paar Tagen wohne hier ausser mir noch eine Familie. Als die Front näher kam, hat sich der Mann zur Territorialverteidigung gemeldet und die Frau ist mit ihrer Tochter in den Westen geflohen. Ich bin jetzt der letzte Bewohner dieses Hauses.»
Betroffen setzte die Fahrerin sich an den Tisch. Geschichten wie diese waren seit einigen Wochen zum Alltag in ihrem Heimatland geworden. Hoffnung war der Ausweglosigkeit gewichen und Friede der Brutalität. Unwillkürlich griff sie nach den Zigaretten in ihrer Jackentasche.

«Darf ich rauchen?», wandte sie sich an Juri, der gerade die Gläser für den Tee auf den Tisch stellte.

«Selbstverständlich», antwortete dieser und schob ihr einen Aschenbecher hin, den sie im Halbdunkel nicht gesehen hatte. Aufmunternd fügte er hinzu: «Mein Arzt hat es mir zwar verboten aber als die ersten Bomben fielen, habe ich wieder damit angefangen. Ich werde wohl kaum am Tabak sterben, jetzt wo die Panzer auch hier hin kommen.» Sie zündete sich eine Zigarette an, schloss die Augen und wischte sich mit der Hand langsam über ihr Gesicht.

«Sie werden schon sicher hier raus kommen», sagte der Alte in einem ruhigen Tonfall, während er das Wasser für den Tee eingoss, «Das ist nur eine Vorhut, die für Unruhe sorgen soll. Unsere Soldaten werden die sicher bald zurückdrängen.»

Als sie die Augen wieder öffnete stand ein Glas mit dampfenden Tee vor ihr. Juri hatte sich ebenfalls an den Tisch gesetzt und ihr Blick fiel auf den Orden an seiner Jacke.

«Was ist das für eine Auszeichnung, die Sie da tragen?»

«Das ist eine Tapferkeitsmedaille. Die habe ich für meinen Einsatz in Afghanistan bekommen.»

«Afghanistan?», erwiderte Iryna verwundert. Wie konnte dieser alte Mann in einer vor wenigen Monaten erst zu Ende gegangenen Militäroperation gedient haben? Juri schien ihre Gedanken erraten zu haben und lächelte ihr milde zu.

«Das war damals zu Sowjet-Zeiten in den Achtzigern.» Während er das sagte, löste er die Spange mit dem grauen Band von seiner Jacke und legte die Medaille vor Iryna auf den Tisch. Jetzt erst erkannte sie den eingeprägten Panzer und die Worte in kyrillischer Schrift: ЗА ОТВАГУ СССР. Ihr Russisch war nie besonders gut gewesen, obwohl sie im Osten des Landes lebte. Dass die eingravierten Worte ‚Für Tapferkeit' bedeuteten, verstand sie allerdings schon. Als sie wieder aufblickte sah Juri sie mit traurigen Augen an.

«Vielleicht hält das Ding die Russen ja davon ab mich zu erschießen.» Dann fuhr er mit einem zynischen Grinsen fort: «Entweder die Medaille oder meine Makarow.»

Während er das sagte klopfte er auf die rechte Seitentasche seines Anoraks in die er die Pistole gesteckt hatte.

«Sie waren in der Roten Armee?», entgegnete Iryna überrascht. Langsam erst wurden ihr die historischen Zusammenhänge bewußt. Diese engen Bande zum großen Nachbarland lagen für sie in einer fernen Vergangenheit – weit vor ihrer Geburt.

«Ich war dort Offizier bis 1991.»

Nach Wochen der Gewalt und Zerstörung erschien der jungen Frau diese frühere Vebundenheit geradezu surreal. Je länger sie darüber nachdachte, um so wütender wurde sie.

«Und genau diese Armee will jetzt unser Land vernichten.»

Juri ließ den Blick auf den einfachen Holztisch sinken. Nach einer Weile entgegnete er mit eine hilflose Geste von Schultern und Händen:

«Damals waren wir Brüder – wenigstens glaubten wir das. Was heute ist, verstehe ich nicht mehr.»

Schweigend trank Iryna ihren Tee und rauchte. Im Hintergrund hörte sie die leisen Stimmen und Geräusche eines Zeichentrickfilms, den Natalija mit ihren Kindern schaute. Dieses stille Verharren hatte fast etwas friedliches, wären da nicht die gelegentlichen Detonationen der Granaten aus der Ferne. Das russische Militär schien die Straße weiterhin ins Visier zu nehmen. Die Schwere des Wartens lag bleiern auf ihr.

«Warum sind Sie nicht geflohen?», fragte sie Juri ganz unvermittelt. Der Gedanke war ihr plötzlich gekommen, nachdem sie ein wenig zur Ruhe gekommen war. Diese Absurdität stand für sie mit einem Mal im Raum und umhüllte den alten Mann, der seelenruhig vor ihr saß, mit ihrem Schatten.

«Nach dem Dienst in der Armee bin ich wieder in meine Heimat zurückgekehrt, um hier die Toten meines Lebens zu vergessen.»

«Welche Toten meinen Sie?»

«Kameraden, Feinde, Zivilisten. Wenn man einmal in ihre erstarrten Augen geblickt hat, verfolgen sie einen ein Leben lang.»

«Das klingt nicht so, als hätten Sie ihren Frieden gefunden.»

«Ich musste lernen, dass es keinen Frieden gibt für einen Veteranen, auch wenn der Kampf schon lange vorüber ist. Den Schritt über die Klippe kann man nur einmal gehen, dann folgt der freie Fall. Jede Nacht sehe ich nun diese Augen. Gestorben für nichts als eine Ideologie – ausgelöscht auf meinen Befehl.»

«Sie bereuen also was Sie getan haben?»

«Ich bin meiner Überzeugung gefolgt und habe versucht das Richtige zu tun.»

Nachdenklich nahm er ein Päckchen Zigaretten aus der Tasche und zündete sich eine an. Er inhalierte langsam und blickte dabei über ihren Kopf hinweg. Ohne sie anzuschauen sprach er weiter:

«Aber eine Ideologie ist ein verdammt dünnes Leichentuch.»

«Und deshalb sind Sie noch hier?»

«Ich bin hier, weil meine Flucht nichts ändern würde.»

Stumm überlegte die junge Frau was ihr so wichtig wäre, dass sie dafür ihr Leben geben würde. Ihre Begleiterin hätte diese Frage sicher leicht beantworten können. Natalija hatte einen Mann und Kinder, die ihrem moralischen Kompass zuverlässig eine Richtung gaben. Für Iryna jedoch gab es kein Koordinatensystem. Ihre Kompassnadel drehte sich vor ihren Augen im Kreis ohne einen Halt zu finden. Auch sie hätte vor ein paar Jahren beinahe geheiratet. Aber je näher der Hochzeitstermin heranrückte, um so mehr haderte sie mit diesem Vorhaben. Es war für sie einfach unvorstellbar, sich für den Rest ihres Lebens festzulegen.

Laut peitschende Gewehrschüsse drangen unvermittelt in den Keller.

‹Das muss ganz der Nähe sein›, schloß Iryna ganz unwillkürlich aus dem Geräuch. Angespannt starrte sie zur Tür, während der alte Mann sich langsam erhob und seine rechte Hand in die Jackentasche gleiten ließ. Sein Verhalten signalisierte ihr, dass die Gefahr real sein musste und ließ sie erstarren. Erneut waren Schüsse zu vernehmen, gefolgt von mehreren Detonationen.

«Was passiert da draußen?», flüstere sie Juri angstvoll zu. Rasch führte dieser seinen ausgestreckten Zeigefinger zum Mund und forderte sie so nachdrücklich zum Schweigen auf. Einige Augenblicke später konnte sie draußen eine Stimme hören, die unverständliche, knappe Kommandos rief. Sofort bohrte sich ein entsetzlicher Gedanke in ihr Hirn:

‹Verdammt, die Russen sind da.›

Adrenalin flutete ihren Körper und löste einen kaum zu bändigenden Fluchtreflex aus. Aber wohin sollte sie fliehen? Sie war in diesem Keller gefangen, wie in einem Verlies. Eine tiefe Verzweiflung ergriff Besitz von ihr, während sie zusah wie Juri seine Waffe entsicherte. Der ehemalige Rotarmist zog ganz selbstverständlich die Konfrontation der Resignation vor und weigerte sich so, das Momentum des Handelns aus der Hand zu geben. Diese Entschlossenheit führte ihr die Indifferenz ihres eigenen Lebensentwurfs vor Augen. Ihre Abneigung gegen feste Bindungen spiegelte sich auch in ihrem Job wieder. Als Programmiererin war es ihr möglich in wechselnden Projekten ein Freelancerdasein zu führen. Die Freiheit dort arbeiten zu können wo ihr Notebook stand, zog sie einem festen Angestelltenverhältnis vor. So war sie auch überzeugt davon, dass ihre Flucht für sie nur wenig ändern würde. Strom und Internet gab es ja schließlich überall. Es war also egal, wo sie sich befand und auch das Land in dem sie lebte, spielte für sie keine besondere Rolle. Im Donbass aufgewachsen, fühlte sie sich kaum der Ukraine zugehörig. Ihre Identität war geprägt von einer kulturellen Grauzone zwischen Ost und West ohne wirkliche Orientierung. Aber nun, der Möglichkeit zur Flucht beraubt, ahnte sie, dass sie sich einer Entscheidung nicht mehr entziehen konnte.

«Da rüber, an die Wand!», stieß Juri knapp hervor und zog die junge Frau mit sich.

«Und ihr versteckt euch hinter der Couch!», befahl er ruppig Natalija und ihren Kindern.

‹Jetzt wird es also ernst›, dachte Iryna, während sie sich hinter Juri an die Kellermauer neben der Tür drückte. Sie musste nicht lange überlegen, um zu erkennen, was der erfahrene Soldat mit diesem Manöver bezweckte. An der Wand befanden sie sich im toten Winkel für einen Eindringling. Sie konnten nur entdeckt werden, sobald dieser den Keller betrat. Aber dann war er bereits im Schussfeld von Juris Pistole. Angestrengt lausche sie auf alle Geräusche die von draußen in ihre unterirdische Zuflucht drangen. Wieder konnte sie Stimmen vernehmen. Doch diesmal lösten sie keine Angst, sondern einen freudigen Schauer bei ihr aus.

«Sie sprechen Ukrainisch», flüsterte sie überglücklich dem alten Mann ins Ohr. Noch nie in ihrem Leben war sie so froh gewesen, ihre eigene Muttersprache zu hören.

«Ist das so?», fragte dieser ebenso leise, «Sie müssen sich

absolut sicher sein. Mein Gehör ist nämlich nicht mehr das Beste.»

«Das bin ich», versicherte sie ihm mit ernster Stimme.

«Also gut», brummte der ehemalige Offizier und hielt Iryna das Griffstück seine Makarow hin. Augenblicklich wurde ihr klar, was das zu bedeuten hatte. Sie, die Programmiererin, war nun verantwortlich für die Verteidigung ihrer Leben.

«Die Pistole hat acht Patronen. Nutzen sie die Kugeln weise», erläuterte der alte Soldat ihr knapp die veränderte Situation. Dann warf er einen vielsagenden Blick auf die Couch hinter der Natalija und die Kinder kauerten. Iryna schnürte die Entscheidung, vor die sie schon bald gestellt werden könnte, die Kehle zu. Statt zu antworten nickte sie kurz und Juri wandte sich ab. Langsam ging er zur Tür und öffnete sie vorsichtig. Das eindringende Licht brachte ein wenig Helligkeit in ihre Unterwelt. Dann verschwand er aus ihrem Blickfeld. Neugierig drückte sie sich an der Wand entlang, bis sie durch die Türöffnung spähen konnte. Sie sah, dass Juri auf der obersten Treppenstufe stehen geblieben war.

«Soldaten, ich bin nur ein alter Mann. Schießt nicht auf mich», hörte sie ihn laut rufen. Ehrfurcht und Bewunderung mischten sich in ihrer Brust für den tapferen Alten. Vor wenigen Minuten war er noch ein Fremder gewesen, der jetzt für sie sein Leben riskierte. Gleichzeitig beschlich Iryna das Gefühl einer tiefen Schmach. Sie sollte eigentlich da draußen sein und für die anderen einstehen. Eine junge Frau und kein alter Mann. Je länger sie zuschaute, um so schuldiger kam sie sich vor. Eine gefühlte Ewigkeit schien nichts zu passieren. Juri stand unbeweglich da und Iryna spürte, wie ihre Hände, mit denen sie den Pistolengriff umklammert hielt, zu schwitzen begannen. Dann wurde draußen ein Befehl gebrüllt:

«Hände hinter den Kopf!»

Die deutlich vernehmbaren Worte ließen die junge Frau zusammenzucken. Der Rufer konnte nicht weit von ihnen entfernt sein. Auf der obersten Treppenstufe folgte der alte Mann dieser Anweisung.

«Durchsuch ihn! Ich sichere dich von hier aus», kommandierte die Stimme erneut. Sie sah, wie ein jungen Mann, in verdreckter Kampfmontur und dem Sturmgewehr in Vorhalte, auf Juri zuging. Am Oberarm seiner Tarnjacke konnte sie das erlösende Blau und Gelb der ukrainischen Fahne erkennen.

Stunden später waren keine Schüsse und Detonationen mehr zu hören. Iryna bereitete das Wasser für den Tee mit dem alten Benzinkocher, während Juri schweigend und rauchend am Tisch saß. Es war fast so wie bei ihrer Ankunft, nur mit vertauschten Rollen, kam es der jungen Frau in den Sinn. Doch in ihren Gedanken war nichts mehr, wie es einmal war. Zum ersten Mal in ihrem Leben wusste sie ganz genau, was sie tuen musste, was das richtige war. Die Kompassnadel hatte aufgehört sich zu drehe und deutete nun unbeweglich auf ihr Ziel. Nachdem sie die Teegläser auf den Tisch gestellt hatte, stützte sie sich mit den Handflächen auf der abgenutzte Holzplatte auf. Sie ließ ihren Blick langsam durch den Raum wandern bis er an Natalija und ihren Kindern haften blieb.

«Die Soldaten haben mir gesagt, dass es nun sicher sei für uns weiterzufahren.»

Natalija hob den Kopf und sah sie freudestrahlend an.

«Gott sei Dank. Dann sind wir ja bald raus aus dem Frontgebiet.»

Iryna musste die Vorstellungen ihrer Begleiterin enttäuschen. Zu viel hatte sich für sie verändert. Langsam bewegte sie ihren Kopf hin und her, bevor sie ihren Entschluss verkündete:

«Ich werde nicht mitkommen.»

«Wie stellst du dir das vor? Ich kann doch kein Auto fahren», erwiderte die junge Mutter mit weit aufgerissenen Augen.

«Juri kann euch fahren», antwortete Iryna und bemühe sich dabei zuversichtlich zu Lächeln. Der alte Offizier sah sie verwundert an.

«Natürlich kann ich das. Aber warum?», brachte er zögernd hervor.

«Weil du, genau wie ich, nichts zu verlieren hast», erklärte sie mit ruhiger Stimme, «Bring diese Frau und ihre Kinder in Sicherheit, statt hier auf den Tod zu warten.»

Damit war für sie alles gesagt. Das Schweigen, das nun folgte schien dies zu bestätigen. Schließlich unterbrach Natalija die Stille:

«Und was wird mit dir?»

«Ich werde bei den Soldaten bleiben, um gegen die Russen zu kämpfen.»

Juri nickte bedächtig. Dann legte er seine Makarow auf die Tischplatte und schob sie Iryna hin.

SCHATTEN DER UNTERWELT

Der unaufhörliche Regen hatte seine Pläne durchkreuzt. Statt in der Garage stand sein Auto mit laufendem Motor auf dem Randstreifen einer Landstraße mitten im Wald und mitten in der Nacht. Erschöpft und genervt von den laut auf die Karosserie prasselnden Wassertropfen versuchte er sich mit dem Handy zu orientieren. In was für eine gottverlassene Gegend hatte es ihn bloß verschlagen?

Minuten vorher war er noch auf dem sicheren Asphaltband der Autobahn unterwegs gewesen, auf dem Heimweg von einem Termin, knapp zwei Stunden von seiner Haustür entfernt. Der starke Niederschlag hatte der Dunkelheit eine zähe Konsistenz verliehen, gegen die sein Wagen mühevoll anzukämpfen schien. Trotzdem war es für ihn nur eine Frage der Zeit, wann endlich das erlösende Abfahrtschild im Scheinwerferlicht auftauchen würde. Doch dann zeigte die elektronische Beschilderung neben der zulässigen Höchstgeschwindigkeit und einem Aquaplaningsymbol die Vollsperrung der vierspurigen Autobahn wegen Unterspülung an. Während er noch überlegte, was das für seine Reiseroute bedeuten würde, konnte er bereits mehrere Fahrzeuge mit Blaulicht auf der Straße vor sich erkennen. Kurz darauf wies eine Spur aus Bengalischen Fackeln ihm den Weg zur Abfahrt ins Unbekannte.

Nach einigem Tippen und Wischen auf seinem Mobiltelefon hatte er Erzberg als nächsten Ort mit einer Übernachtungsmöglichkeit ausgemacht. Erleichtert atmete er tief durch und legte das Gerät in die Mittelkonsole. Dann zündete er sich eine Zigarette an, löste die Handbremse und folgte dem blauen Pfeil auf dem Bildschirm. Zwanzig Minuten später parkte er sein Auto vor der Fassade eines heruntergekommenen Gasthofs, der wohl noch aus dem vorletzten Jahrhundert stammte. Die Fenster des unteren Stockwerks waren hell erleuchtet, und so stieg in ihm die Hoffnung auf, das Ende der nächtlichen Irrfahrt erreicht zu haben. Außer diesem Gebäude schien der Ort aus einem Dutzend weiterer betagter Bruchsteinhäuser zu bestehen. Nicht mehr als ein kleiner Weiler, den der Wald und die Zeit verschlungen hatten. Unwillkürlich kam ihm ein Satz seines ehemaligen Chefredakteurs in den Sinn, den dieser einmal in einer Reportage benutzt hatte:

‹Es gibt Orte, von denen man sagt, da sei der Hund begraben. Hier ist noch nicht mal dies.›

Mit einer gewissen Unsicherheit, hier eine Bett für die Nacht zu finden, betrat Carl durch die schwere, alte Tür den Schankraum. Ein feuchter, muffiger Geruch und mit dunklem Holz verkleidete Wände empfingen ihn. An der gegenüber liegenden Wand befand sich ein wuchtiger Tresen an dem sich eine Handvoll Gäste versammelt hatten.

‹Hier ist tatsächlich die Zeit stehen geblieben›, stellte er nur wenig verwundert fest. Langsam schritt er über die bleich gescheuerten Bodenbretter zur Theke und grüßte dabei die Anwesenden, die sich neugierig zu ihm umgedreht hatten, mit einem Kopfnicken. Hinter dem Zapfhahn machte er einen kräftigen Mann mit roten Haaren und Bart als Wirt und vermutlich auch Besitzer dieses Gasthofs aus.

«Guten Abend. Ich musste von der Autobahn abfahren und brauche jetzt ein Zimmer für die Nacht.»

«Das kannst du haben», war die knappe Antwort des Angesprochenen. Einen kurzen Moment später fügte er hinzu: «Bad und Toilette sind auf dem Gang.»
Zustimmend nickte Carl und zog sich einen freien Barhocker heran. Erleichtert, eine Bleibe gefunden zu haben, ließ er den Blick über die Gläser der anderen Gäste schweifen.

«Dann hätte ich noch gerne ein Bier und einen Schnaps.»
Unwillkürlich hatte er sich den rustikalen Trinkgewohnheiten der Einheimischen angepasst. Das tat er sonst nur, wenn er alleine im Ausland unterwegs war. Er setzte sich und bemerkte dabei den benutzten Aschenbecher auf dem Tresen. Ein eindeutiges Zeichen dafür, dass hier das Rauchen erlaubt war. Also kramte er seine Zigaretten mitsamt dem Handy aus der Jackentasche und legte beides vor sich auf die abgewetzte Holzfläche.

«Das Ding funktioniert hier nicht», raunte ihm der ältere Mann zu seiner Rechten mit einem Fingerzeig auf das Telefon zu. Die schmutzige Arbeitskleidung ließ Carl vermuten, dass sein Thekennachbar in der Landwirtschaft arbeitete. Ein kurzer Blick auf die Kopfzeile seines Handydisplays bestätigte den Hinweis. Die lapidare Meldung ‚Kein Netz' schien die Bedeutungslosigkeit von Erzberg nur noch zu unterstreichen.

Mit den beiden Gläsern hatte der Wirt ihm auch einen oxidierten Bartschlüssel hingeschoben. Auf dem vergilbten Plastikanhänger stand in einer altertümlichen Handschrift ‚Zimmer 2' geschrieben. Alles in diesem Gasthof schien den

Verfall zu atmen. Rasch leerte er das Herrengedeck und bestellte ein weiteres, um auf andere Gedanken zu kommen. Er hatte es nicht besonders eilig, sein Domizil für diese Nacht in Augenschein zu nehmen. Vielleicht war die abgewrackte Antiquitätensammlung, die ihn dort mit einiger Sicherheit erwarten würde, angetrunken leichter zu ertragen. Gelangweilt nippte er an seinem Bier und blickte sich dabei in dem betagten Schankraum um. Eigentlich hatte er ein Bild vom letzten Kaiser oder etwas ähnliches erwartet. Stattdessen entdeckte er an der Wand eine Art Wappen mit zwei gekreuzten Hämmern, dem Emblem der Bergleute. Zusammen mit dem Ortsnamen ergab das natürlich Sinn. Neugierig geworden wandte er sich an seinen Thekennachbarn:

«Hat es hier mal ein Bergwerk gegeben?»

Der alte Mann nickte.

«Ja, damals im Mittelalter gab es hier eine Silbermine. Aber nicht sehr lange.»

«Aha, warum wurde die Mine denn aufgegeben?»

«Es gab einen Streit zwischen dem Fürsten und den Bergleuten wegen der Bezahlung. Aus Wut über die viel zu hohen Lohnforderungen hat er den Eingang zum Stollen einfach zuschütten lassen. Und das, während die Arbeiter noch darin waren.»

«Das waren ja ganz schön rustikale Tarifverhandlungen damals.»

Sein Gegenüber zuckte unbeeindruckt mit den Schultern.

«So erzählen es die Leute. Aber wer weiß schon, wie es wirklich war. Die Mine gilt seitdem als verflucht und niemand hat hier je wieder nach Silber gegraben.»

«Erzberg hat ja wirklich eine entzückende Ortshistorie», kommentierte er sarkastisch das Gehörte.

Dann nahm er den Korn in die Hand und prostete dem

Mann neben ihm zu. Kaum hatte er das kleine Glas geleert, bemerkte Carl wie sein Kopf zu schmerzen begann. Ob das eine Folge der anstrengenden Fahrt oder der für ihn ungewohnten Getränkekombination war, vermochte er nicht zu entscheiden.

Nachdem er das Bier geleert hatte, musste er zur Toilette. An dem gekachelten Ort setzte sich der morbide Charme des alten Gemäuers nahtlos fort. Hier hatten sich die Klosetts mit den hoch hängenden Spülkästen und der Kette zur deren Betätigung erhalten. Ein sanitärer Standard, den er als Kind im Haus seiner Großmutter zum letzten Mal gesehen hatte. Als er wieder den Schankraum betrat, saßen zwei weitere Gäste an einem Tisch und diskutierten lebhaft miteinander. Einer der beiden, ein untersetzter Mann mit zerzausten Haaren, kam ihm irgendwie bekannt vor. Am Tresen hingegen wirkte alles unverändert. Carl setzte sich auf seinen Hocker und bestellte erneut die ortsübliche Zweierkombination. Wieder spürte er ein Pochen in seinem Kopf und fasste sich an die Schläfe. Als der Wirt ihm das Gewünschte hinschob, schienen ihm nur wenige Sekunden seit seiner Bestellung vergangen zu sein. Verwundert blickte er den rothaarigen Mann an.

«Dankeschön», stammelte er überrascht.

Dann fielen ihm die neuen Gäste wieder ein.

«Weißt du, wer die beiden Männer dort sind?»

«Keine Ahnung. Sie sind genau wie du wegen der Autobahnsperrung hier gestrandet.»

Carl nickte verständnisvoll, trank den Korn und zündete sich eine Zigarette an. Dann hörte er wie einer der Neuankömmlinge zwei Bier bestellte. Der Klang der Stimme ließ ihn erschaudern. Das war doch Hans, sein ehemaliger Chefredakteur. Vorsichtig blickte er über die Schulter. Er erkannte das runde Gesicht mit der Nickelbrille und erschrak. Sofort drehte er den Kopf wieder zurück. Wie war das möglich? Hans war doch bereits seit Jahren tot. Er bemerkte, wie seine Hand mit der Zigarette auf dem Tresen zu zittern begann. War das ein Doppelgänger oder konnten an diesem verdammten Ort auch Tote wiederauferstehen? Was passierte hier? Verlor er den Verstand? Verzweifelt hob er das Schnapsglas in Richtung des Wirts, um mit dieser Geste einen neuen zu ordern. Während er so verharrte, merkte er, wie ihm Schweißperlen auf die Stirn traten. Das konnte einfach nicht wahr sein. Der kräftige Mann hinter der Theke stellte ihm den Klaren hin, und Carl stürzte ihn gierig die Kehle herunter. Das vertraute Brennen in der Speiseröhre beruhigte ihn. Er musste sich getäuscht haben.

Trotz des Alkohols breitete sich ein flaues Gefühl in seiner Magengegend aus. Ähnlich der Beklommenheit, wie er sie auf Beerdigungen empfand. Bei Hans hatte er damals sein Volontariat gemacht und mehr als nur einmal den Satz «Schreiben ist schwer» zu hören bekommen, wenn er mal wieder grübelnd vor dem Bildschirm saß. Am Fnde waren es uber zehn Jahre gewesen, in denen er mit ihm zusammengearbeitet hatte, bevor sein Chef an Krebs starb. Melancholisch geworden, hing er seinen Erinnerungen nach, bis er erneut Hans' Stimme hörte, die eine weitere Runde orderte. Augenblicklich war Carl wieder im Hier und Jetzt zurück. Er begann zu schwitzen und sein Atem beschleunigte sich.

‹Verdammt, das muss er sein! Ich kann mich doch nicht so irren, nach all den Jahren.›
Schnell entledigte er sich der Jacke und trank sein Bier in einem Zug halb leer. Dieser Spuk musste jetzt ein Ende fin-

den. Er ließ sich vom Barhocker gleiten und merkte, als er auf seinen Beinen stand, dass ihm schwindlig wurde. War er schon so betrunken? Ungläubig schüttelte er den Kopf und ging langsam zu dem Tisch mit den beiden Neuankömmlingen. Dabei fasste er seinen vermeintlichen Chef genau ins Auge. Angestrengt suchte er nach Abweichungen zu seiner Erinnerung. Mit zunehmendem Entsetzen stellte er bei jedem Schritt fest, dass es keine gab. Aussehen, Gestik und sogar die filterlosen Zigaretten neben dem Aschenbecher wiesen den Fremden zweifelsfrei als Hans Arnold aus. Knapp einen Meter vom Tisch entfernt blieb Carl stehen.

«Hallo Hans, was machst du denn hier?»

Der Angesprochene schaute ihn überrascht an.

«Kennen wir uns?»

«Natürlich kennen wir uns. Wir haben zehn Jahre zusammengearbeitet.»

Der Mann mit der Nickelbrille schien angestrengt nachzudenken. Schließlich schüttelte er den Kopf.

«Es tut mir leid, ich kann mich nicht an Sie erinnern.»

«Aber wir waren doch in derselben Redaktion und haben uns jeden Tag gesehen.»

Sein Gegenüber begann zu schmunzeln. Carl kannte dieses schelmische Lächeln nur zu gut. Schließlich hatten sie oft nach der Arbeit, bei ein paar Bier, noch zusammengesessen.

«Sie müssen mich verwechseln. Ich bin Vertriebsingenieur und habe noch nie eine Redaktion von innen gesehen.»

Carl resignierte. Es war sinnlos, das Gespräch weiter fortzuführen. Dieser Kerl am Tisch erkannte ihn einfach nicht. Grüßend hob er die Hand zum Abschied und ging zurück zur Theke. Er bemerkte, wie ihm kalter Schweiß über den gesamten Körper rann. Halt suchend umklammerte er mit beiden

Händen den Rand des Tresens. Unbeweglich verharrte er in dieser Position und atmete flach vor sich hin.

«Du siehst aus, als hättest Du einen Geist gesehen», kommentierte der Landwirt seinen erbärmlichen Zustand.

«Das habe ich auch», antwortete Carl gepresst, ohne ihn anzuschauen.

«Der Mann dort drüben ist mein ehemaliger Chef. Aber er erkennt mich nicht.»

«Vielleicht leidet er einfach nur an Demenz.»

«Hans ist nicht dement, sondern bereits seit Jahren tot. Ich war selbst auf seiner Beerdigung.»

Er hörte, wie sein Nachbar deutlich vernehmbar ausatmete.

Nach einiger Zeit ging es Carl wieder etwas besser. Er hob den Kopf und sah sich um. Aber alles in dem Raum wirkte unscharf, wie hinter einem Schleier. Nur mühevoll konnte er den Wirt ausmachen. Der kräftige Mann schlief mit aufgestütztem Kopf ein paar Meter von ihm entfernt am Tresen. Dann spürte er eine Berührung an seinem rechten Arm und fuhr herum. Der Alte hatte seine Hand auf Carls Schulter gelegt und blickte ihn mit weit aufgerissenen Augen an.

«Ich weiß jetzt, was passiert ist. Du hast einen Draugr gesehen.»

«Was zur Hölle ist ein Draugr?»

«Das ist ein lebender Toter. Ein Wiedergänger, der sein Grab bewacht.»

«Du meinst also der Typ da drüben ist ein Geist?»

Sein Gegenüber nickte.

«Diese Kreaturen haben magische Kräfte und können auch ihr Aussehen verändern.»

Die Vorstellung, sich mit einem Untoten in der Kneipe unterhalten zu haben, kam ihm absolut grotesk vor. Aber was war in diesem Kaff überhaupt schon normal?

«Habt ihr denn keinen Friedhof für eure Toten?», entgegnete Carl gereizt.

«Du verstehst mich nicht. Das ist einer der Bergleute, die diesen Ort verflucht haben.»

«Aber sind die nicht in der Mine umgekommen?»

«Natürlich sind sie das», bestätigte der Mann seinen Einwand, «Allerdings besteht der Keller dieses Hauses aus einem Teil des alten Stollens.»

Unfähig, einen klaren Gedanken fassen zu können, starrte er sden Landwirt ungläubig an. Wie konnte es nur sein, dass eine solche Absurdität die einzig mögliche Erklärung für all das hier war?

«Schnell, wir müssen hier raus, bevor noch mehr passiert!», rief ihm der Alte zu und zog ihn mit sich. Carl stolperte hinter ihm her durch den Schankraum. Draußen in der nächtlichen Kühle angelangt, verließen ihn seine Kräfte und er setzte sich auf die Stufen der Eingangstreppe. Sein Begleiter war in der Dunkelheit vor ihm verschwunden. Müde und verwirrt saß er einfach nur da und spürte wie ein leichter Wind seinen Schweiß trocknete. Nach einer Weile rappelte er sich wieder auf und ging zu seinem Auto.

Ein unaufhörliches Pochen weckte Carl aus einem unruhigen Schlaf. Stark benommen vermochte er nicht gleich, die Augenlider zu öffnen. Als es ihm schließlich gelang, sah er durch die Windschutzscheibe seines Autos auf die Fassade des alten Gasthauses. Scheinwerfer und Blaulichter ließen sie in einer pulsierender Helligkeit erstrahlen, die in seinen Augen schmerzte. Dann drehte er den Kopf nach links und blickte in das Gesicht eines Rettungssanitäters, der gegen die Seitenscheibe klopfte. Nur langsam konnte er mit seinen Fingern den Schalter für den Fensterheber ertasten. Surrend fuhr das getönte Glas nach unten und kühle Luft drang ins Wageninnere. Er atmete tief durch, und allmählich belebten sich seine Gedanken wieder.

«Was ist passiert?», fragte Carl mit schwacher Stimme.

«Das Regenwasser ist in die alten Stollen eingedrungen und hat Grubengas in die Gaststätte gepresst. Dadurch kam es bei mehreren Gästen zu einer Kohlenmonoxidvergiftung», erläuterte der Mann vom Rettungsdienst bereitwillig.
Carl brauchte einen Moment, um diese Zusammenhänge für sich einzuordnen.

«Es war also Grubengas und kein Gespenst», stammelte er halblaut und begann zu lachen.

AM KIPPPUNKT

Sie verstand nichts von klimatischen Wendepunkten und warum diese früher als erwartet eintreten konnten. Sie hatte auch keine Ahnung wie dick das Grönlandeis war und wie viel Wasser darin gespeichert sein mochte. Aber sie war ja auch keine Wissenschaftlerin, wie diese junge Frau von der britischen Regierung, die ihnen all dies vor knapp zwei Woche in einem Vortrag erläutert hatte. In Wirklichkeit wollte sie das Ganze auch gar nicht verstehen. Dafür war sie mit ihren 81 Jahren einfach zu alt. Nur einige der Jüngeren, und das bedeutete in Ynysfaig in den Fünfzigern zu sein, hatten interessiert zugehört und Fragen gestellt. Ihr genügte es zu wissen, dass irgendein Gletscher jetzt stärker schmolz als erwartet und der Meeresspiegel rascher anstieg. Zu schnell für Ynysfaig und zu schnell für sie. Ansonsten hatte sie während des Vortrags an ihre Tiefkühltruhe gedacht. Das Ding musste sie einmal im Jahr abtauen, damit das Eis keine Überhand nahm. Danach startete sie den weißen Kasten erneut und ihre Welt war wieder in Ordnung. So einfach war das bei ihr, in dem kleinen Häuschen am Ende der Beach Road.

Aber das Klima schien eine kompliziertere Sache zu sein, denn je länger Dr. Susan Wilson, so hieß die Wissenschaftlerin, über die Zusammenhänge zwischen gefrorenen Gasen in Sibirien und dem Wetter in Wales sprach, um so weniger verstand sie. Trotzdem mochte sie die zierliche Frau mit der Hornbrille und dem Pferdeschwanz, weil sie sie an ihre Tochter erinnerte. Alice lebte schon lange nicht mehr in der kleinen Ortschaft an der Westküste. Sie hatte das regnerische Wetter ihrer Heimat noch nie leiden können und bereits kurz nach ihrem Studium dem «spießigen Großbritannien» mit seiner «gottverdammten Queen» den Rücken gekehrt, um nach Australien auszuwandern. Schon immer war ihre Alice sehr direkt gewesen und hatte mit ihrer aufsässigen Art so gar nicht in den beschauliche Fischerort gepasst.

An der Abneigung ihrer Tochter gegenüber dem Königshaus war sie vermutlich selbst Schuld, weil sie in der Queen schon immer mehr als nur ihr Staatsoberhaupt gesehen hatte. Sie war damals ein kleines Mädchen von acht Jahren gewesen, als die junge Königin den Thron bestieg. Die Bilder der pompösen Zermonie hatte sie mit ihren Eltern im Kino gesehen. Es war wie im Märchen all die Reiter, Kutschen und prunkvollen Gewänder auf der Leinwand zu bestaunen. Die Flut der Endrücke beflügelte ihre kindliche Phantasie und ließ sie, das Einzelkind, davon träumen wie schön es sein könnte, wenn Elisabeth ihre große Schwester wäre. Dieses naive Band zu ihrer Königin hielt auch noch als sie bereits erwachsen war. Ihr augenscheinliches Interesse an allem was im Hause Winsor vor sich ging führte auch dazu, dass ihr Mann sie mit dem Kosenamen Lissy bedacht hatte.

Dieser Besuch der Leute von der Regierung hatte alles durcheinander gebracht. An einem Freitag Morgen waren sie mit drei Autos und einem Transporter nach Ynysfaig gekommen. Sie hatten sich den alten Pub aufschließen lassen, der schon seit Jahren leer stand. Schließlich bot er den einzigen Raum in der Gemeinde, in dem sich die verbliebenen 212 Einwohner versammeln konnten. Den ganzen Tag über hatten sie den Schankraum für die Veranstaltung vorbereitet und sogar den Strom wieder angeklemmt. Als sie abends um Sechs mit den anderen Einwohnern den Pup betrat, sah sie, dass auch Tee und Gebäck bereitgestellt waren. Für Lissy ein untrügliches Zeichen, dass die Regierung schlechte Neuigkeiten dazu servieren würden. Und genau so war es auch.

Vor ein paar Jahren waren die Einwohner darüber informiert worden, dass sie ihren Ort bis zum Jahr 2045 verlassen sollten. Ab diesem Zeitpunkt könne die Regierung nicht mehr für ihre Sicherheit garantieren. Grund dafür war der stetig steigende Meeresspiegel. Ynysfaig lag nämlich nur ein paar Meter darüber und die Obrigkeit wollte sich die Kosten für einen Deich sparen. Schließlich gab es in Großbritannien ausreichend hochwassersichere Siedlungsgebiete. Darüber hinaus lehnte die zuständige Behörde auf Grund der langen Vorlaufzeit mögliche Ausgleichszahlungen kategorisch ab. Dieses Schreiben war für sie jedoch von keinem besonderen Interesse gewesen, weil es darin um eine Zukunft ging, die sie nicht mehr betraf. 2045 würde sie schon lange auf dem kleinen Friedhof von Ynysfaig liegen und von der Anhöhe aus dem Rauschen des Meeres lauschen. Dann wäre sie wieder vereint mit ihrem geliebten Mann James, der bereits vor zwei Jahrzehnten an Krebs gestorben war.

Doch das, was Susan Wilson ihnen vor ein paar Tagen eröffnet hatte, änderte alles. Die Wissenschaftler hatten sich geirrt und Ynysfaig würde bereits 15 Jahre früher in den Fluten versinken. Noch nicht einmal richtig rechnen konnten diese hochstudierten Leute. In Folge dessen mussten die Einwohner ihren kleinen Ort bereits in fünf Jahren verlassen haben. Und sie sollte im Alter von 86 Jahren in eine Stadt umziehen, die sie nicht kannte und die noch nicht einmal am Meer lag. Das Wenige an Zukunft, das noch vor ihr lag, war wie ein Kartenhaus zusammengefallen. Am nächsten Tag erzählte sie ihrer Tochter am Telefon die schrecklichen Neuigkeiten. Alice schien davon wenig beeindruckt zu sein und schlug vor, dass sie einfach zu ihr nach New South Wales ziehen sollte. Aber das kam für sie überhaupt nicht in Frage. Sie wollte nicht in die Kolonie auswandern, sondern auf der Insel bleiben, wie ihre Eltern und Großeltern. Und wie diese wollte sie auch hier in Ynysfaig ihre letzte Ruhe finden.

Lissy erhob sich schwerfällig von dem abgenutzten Holzstuhl in ihrer Küche und ging langsam zur gegenüberliegenden Wand. Dort, über der betagten Anrichte, hing eine gerahmte Fotografie ihres Mannes. Sie musste sich mühevoll auf der Holzplatte abstützen, um das Bild vom Haken zu nehmen. Als sie es endlich geschafft hatte wischte sie mit ihrem Ärmel über das verstaubte Glas. Lange schaute sie ihrem James in die Augen, bevor sie einen Kuss auf das Bild drückte. Bedächtig ging sie zum Küchentisch zurück und legte den Rahmen vorsichtig mit der Vorderseite darauf. Dann setzte sie sich wieder auf den Stuhl und öffnete die Tischschublade. Darin lag der alte Armeerevolver ihres Großvaters, der seinerzeit in Indien gedient hatte.

AUF DEN WASSERN DES STYX

Nach dem Gedicht ‚De navigio suo' von Venantius Fortunatus und historischen Ereignissen aus dem 6. Jahrhundert.

Dichter Morgennebel lag über den Fluten des Stroms. Nur schemenhaft zeichneten sich die Bäume und Sträucher an seinen Ufern ab. Fast lautlos glitt das Schiff mit der Strömung durch das dunkle Wasser. Die Stille der frühen Stunde verlieh der Szenerie etwas Unwirkliches. Sie konnte sich des Eindrucks nicht erwehren, in eine andere Welt zu reisen, in der Vertrautes erschreckend und fremdartig erschien. Geisterhaft und bedrohlich. So mussten sich die Helden der Illias die Fahrt über den Styx vorgestellt haben. Den letzten Weg der Lebenden in das Reich des Todes. Ein großes Volk, das wie viele andere in der Zeit verschwunden war und nur in alten Geschichten einen schwachen Widerhall fand. Was würde von ihrem Geschlecht bleiben? Wer würde sich in tausend Jahren ihrer Taten erinnern?

Fröstelnd zog sie den Umhang enger um ihren dünnen Körper. Das Jahr war bereis im dritten Monat, doch noch immer war der eisige Atem des Winters zu spüren. Dieses Land war so viel dunkler und kälter als das sonnenreiche Iberien, woher sie stammte. Am Bug stehend blickte sie aufmerksam in eine schemenhafte Anderswelt, die sie nicht mehr als die eigene erkannte. Langsam wurden zu ihrer Rechten die Umrisse eines großen Bauwerks sichtbar. Als Erstes nahm sie zwei Türme wahr, die weit ins Wasser ragten. Ihr Boot fuhr so nahe am ersten Turm vorbei, dass sie die großen, ebenmäßigen Steinblöcke sehen konnte, aus denen er gebaut war. Dann tauchte die Silhouette eines hohen, rechteckigen Gebäudes in der Mitte auf, das ein Stück vom Ufer entfernt stand. Ein gewaltiger Bau, der sich allmählich in dem zähen Dunst abzeichnete. Einige der Mauern waren bereits verfallen, ließen aber noch als Ruinen das Können ihrer Erbauer erahnen. Ein Monument einer untergegangenen Epoche, das der Zeit zu trotzen schien und in seiner Größe und Perfektion von keinem ihrer Baumeister errichtet werden konnte. Wir stehen im Greisenalter der Welt, die ihren Zenit schon seit Langem überschritten hat, kam es der Gotin in den Sinn, während das dunkle Gemäuer an ihr vorrüberzog. Jetzt war es nicht mehr weit bis zu ihrer Residenz in dem alten Castrum am Ufer des Stroms. Dort würde sie ein letztes Mal mit ihrem Sohn Childebert zu Gericht sitzen, um erneut einige Aufrührer zum Tode zu verurteilen. Dort in Andernach sollte noch einmal Blut fließen und die Vergeltung ihrer langen Reise über Mosel und Rhein ein Ende finden.

Beim ersten Tageslicht waren sie mit ihren Schiffen von Kobern aus aufgebrochen. Kurz hinter den nutzlos gewordenen Resten der alten Brücke bei Koblenz vereinigte sich der schmale Fluss mit dem großen Strom ihres Reichs. Hier war einst die Grenze des mächtigen Imperiums. Dahinter gab es weder Städte noch Straßen und nur wenige ansehnliche Siedlungen. Dort lebten die Menschen wie ihre Ahnen vor vielen Generationen an abgelegenen Orten in den weiten Wäldern. Ebenso glaubten sie auch noch an die alten Götter, denen sie in heiligen Hainen ihre Opfer darbrachten. In diesen entlegenen Gebieten überdauerten die Mythen der Völker des Nordens, die auch ihre Herrscher hervorgebracht hatten. Ein Geschlecht, dessen erster König vor langer Zeit von einem Meeresungeheuer, halb Stier, halb Mensch, gezeugt wurde. Für die Gotin Brunichilde war das eine schauerliche und absurde Vorstellung. Ihr Volk glaubte schon seit den Zeiten der großen Wanderung an den christlichen Gott. Die Franken jedoch pflegten viele dieser barbarischen Traditionen, die ihr merkwürdig und primitiv erschienen. So widmeten sie der Bildung, selbst bei Hofe, nur wenig Aufmerksamkeit. Stattdessen erzogen sie ihre Söhne zu furchtlosen Kriegern, die kaum schreiben, dafür jedoch eine Axt schleudern konnten. Sie als Königstochter hatte am Hof von Toledo eine ganz andere Erziehung genossen. So war es auch nicht verwunderlich, dass selbst König Gunthram, der Ahnherr der Familie, ihr nicht ebenbürtig erschien. Vielleicht lag in dieser Ungleichheit auch der Quell seiner Abneigung gegen sie und alles gotische.

Childebert hatte sich am Morgen schwankend an Bord des Schiffes geschleppt und gleich auf sein Lager gelegt. Wie so oft hatte er mit dem Hofstaat bis tief in die Nacht gezecht. Nur so schien er den bei jeder Station ihrer Umfahrt wiederkehrenden Anblick der geköpften und gevierteilten Leiber der einst getreuen Adligen ertragen zu können. Ein kurzes Lächeln huschte über ihr verhärmtes Gesicht, als sie an ihren Sohn dachte. Er war noch jung und musste sich erst an den

Anblick des Todes gewöhnen, bis er für ihn zu einem ebenso treuen Begleiter werden würde, wie er es für sie schon lange war. Sie konnte lediglich Abscheu für diese treulose Brut empfinden, die ihrem Sohn, dem König und Merowinger, nach dem Leben getrachtet hatte – gefolgt von einer tiefen Genugtuung, sobald ihre Körper zuckend am Boden lagen. Aber auch sie verspürte eine gewisse Erleichterung bei dem Gedanken, dass nur noch dieses letzte Gericht vor ihnen lag und sie dann nach Metz zurückkehren konnten. Im dortigen Palast wartete die junge Königin, die Childebert vor wenigen Monaten einen gesunden Sohn und Erben geschenkt hatte, auf ihre Rückkehr. Mit ihrem Enkel Theuderich hatte das Austrasische Reich bereits einen zweiten Stammhalter. Ein zusätzlicher Garant für den Erhalt ihres Geschlechts. Die Königsmutter wusste wie wichtig es war, für den Fortbestand der Blutline zu sorgen. In der langen Zeit, die sie bereits im östlichen Frankenreich lebte, hatte sie den Tod vieler Prinzen

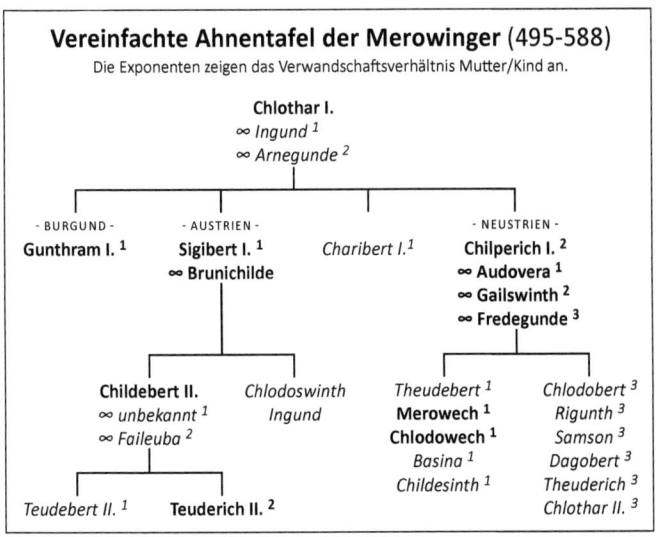

Vereinfachte Ahnentafel der Merowinger (495-588)

Die Exponenten zeigen das Verwandschaftsverhältnis Mutter/Kind an.

Chlothar I.
∞ *Ingund* [1]
∞ *Arnegunde* [2]

- BURGUND -
Gunthram I. [1]

- AUSTRIEN -
Sigibert I. [1]
∞ **Brunichilde**

Charibert I. [1]

- NEUSTRIEN -
Chilperich I. [2]
∞ **Audovera** [1]
∞ **Gailswinth** [2]
∞ **Fredegunde** [3]

Childebert II.
∞ *unbekannt* [1]
∞ *Faileuba* [2]

Chlodoswinth
Ingund

Theudebert [1]
Merowech [1]
Chlodowech [1]
Basina [1]
Childesinth [1]

Chlodobert [3]
Rigunth [3]
Samson [3]
Dagobert [3]
Theuderich [3]
Chlothar II. [3]

Teudebert II. [1]   **Teuderich II.** [2]

und Könige erlebt. Es waren zwei Jahrzehnte des Krieges und der Feindschaft. Von den vier Söhnen Chlotars, die sich einst das Reich teilten, lebte einzig noch Gunthram als Herrscher von Burgund. Er war der Älteste noch lebende Merowinger, während ihr Gemahl Sigibert bereits vor zwölf Jahren durch die gedungenen Mörder seines Bruders Chilperich sein Leben verloren hatte – angestiftet durch dessen bösartige Gemahlin. Sie spürte, wie der alte Hass gegen Fredegunde in ihr aufstieg, die so viel Leid über sie gebracht hatte. Bei allen Heiligen hatte sie dieser Hexe ewige Rache geschworen für deren Schuld, die nur mit Blut gesühnt werden konnte.

Ihre Gedanken glitten zurück in die Zeit, als sie noch jung war. Frisch vermählt mit König Sigibert, befand sie sich auf einer großen Umfahrt durch sein Reich, als sie vom Werben Chilperichs um ihre ältere Schwester erfuhr. Scheinbar hatte er sich seinen Bruder zum Vorbild genommen und wollte nun ebenfalls eine Frau mit königlicher Abstammung ehelichen. Anfangs freute sie sich, Gailswinth bald schon im Frankenreich zu wissen. Sicher würden sie sich so bei den Zusammenkünften der Könige von Zeit zu Zeit wiedersehen. Doch dieser Wunsch ging nie in Erfüllung. Der König des Westreichs hatte sich zwar von seiner ersten Frau Audovera getrennt, lebte aber weiterhin in Unzucht mit Fredegunde. Chilperich versprach zwar bei seinem Werben diese Verbindung zu lösen, doch dies war kaum mehr als ein Lippenbekenntnis. In langen anklagenden Briefen berichtete ihr Gailswinth nach der Hochzeit von den fortgesetzten Demütigungen ihres Gemahls. So trat er bei öffentlichen Anlässen häufig mit Fredegunde an seiner Seite auf. Manchmal ließ er sich auch von seiner Gattin und seiner Gespielin begleiten. Obwohl auch die neustrischen Bischöfe dieses Auftreten tadelten, änderte Chilperich nichts an seinem Verhalten. Ihm schien es nur um das Ansehen zu gehen, das ihm die Verbindung mit dem gotischen Königshaus einbrachte. In ihrem letzten Brief teilte Gailswinth ihr mit, dass sie den König verlassen und an den Hof von Toledo zurückkehren wollte. Sie hatte sich zu diesem Schritt entschlossen, weil sie die ständigen Erniedrigungen nicht mehr ertragen konnte. Auch wollte sie auf ihren Brautschatz verzichten, um so rasch wie möglich mit ihrem Gefolge das neustrische Reich verlassen zu können.

Kurz darauf erfuhr Brunichilde von dem Tod ihrer Schwester. Sie konnte diese Kunde kaum fassen und zog sich für mehrere Tage in die Hofkapelle zurück, um dort ihren Verlust bitterlich zu beweinen. Mit der Nachricht kamen auch Gerüchte in Umlauf, die von der Ermordung Gailswinths berichteten. Angeblich hatte Chilperich seine königliche Gemahlin, auf den Wunsch von Fredegunde hin, in ihrem Bett erdrosseln lassen. Für die Gotin war dies jedoch keine Verleumdung, sondern die reine Wahrheit. Viel zu oft hatte Gailswinth ihr von Chilperich als dem Herodes unserer Zeit berichtet. Den Beweis für seine Bluttat erbrachte der neustrische König in ihren Augen selbst, als er bereits nach wenigen Wochen Fredegunde zur Frau nahm. Auch ihren Gemahl Sigibert bestürzten die Vorgänge im westlichen Teil des Frankenreichs. Darüber hinaus hegte er lange schon einen Groll gegenüber Chilperich. Seit der Aufteilung des Reichs war es immer wieder zu Überfällen der Neustrier auf seine Gebiete gekommen. Doch bevor er zu einem Kriegszug gegen seinen Bruder aufbrechen konnte, musste er erst die Grenze zu den Awaren sichern und mit Gunthram ein Bündnis schließen. So vergingen einige Jahre in denen Brunichilde täglich für die

Erfüllung ihrer Blutrache betete. Schließlich rüstete Sigibert ein gewaltiges Heer, um die besetzten Gebiete zurück zu gewinnen und der Herrschaft Chilperichs ein Ende zu bereiten. Als er endlich Paris erobert hatte, musste der König des Westens fliehen und viele seiner Gefolgsleute liefen zu den Austrasiern über. Im königlichen Hofgut von Vitry wurde Sigibert zum neuen König von Neustrien ausgerufen. Damit schien es Brunichilde nur noch ein Frage von Tagen zu sein, bis sie Fredegundes habhaft würde. Lang und qualvoll sollte ihr Tod sein, um so mit Tränen und Blut ihre Schuld zu sühnen. Doch das Schicksal hatte ein anderes Los für die Gotin bestimmt. Mit tragischer Wucht sollte aus ihrem Triumph ein steiniger Pfad durch die Dunkelheit werden.

Aus der Kabine hinter ihr drangen undeutliche Worte. Es war die Stimme von Childebert, der häufig im Schlaf sprach und manchmal auch schrie. Seit seiner Kindheit schlief er unruhig. Seit er den Mord an seinem Vater mit ansehen musste. Damals, als in Vitry seine und ihre Welt zusammenbrach. In dunkler Nacht hatte ihn Herzog Gundobald nach Metz gebracht, um ihn dem Zugriff von Chilperichs Häschern zu entziehen. Schließlich war ihr Sohn nun der neue König von Austrien, auch wenn er noch ein Kind von fünf Jahren war. Die Franken glaubten seit alter Zeit an das Königsheil ihrer Herrscher. Für sie zählten nur die männlichen Nachkommen königlichen Bluts. Und so blieb Brunichilde mit ihren Töchtern schutzlos zurück. Zweifellos hätte Chilperich ihren Sohn sofort ermorden lassen, um Anspruch auf den Thron des Ostreichs zu erheben. Die Frauen hingegen waren für ihn lediglich als Geiseln von Bedeutung, so dass er sie einfach in den Kerker werfen ließ. Ruchlos brachte er sich in den Besitz des Staatsschatzes und ihrer Besitztümer, die sie auf

Reisen stets mit sich führten. Und auch ihren Schmuck und den goldverzierten Gürtel, den sie von ihrer Mutter bei ihrer Abreise ins Land der Franken geschenkt bekommen hatte, nahmen sie ihr weg. Der bis ins Mark verkommenen Fredegunde war es sogar in den Sinn gekommen, sie im Gefängnis aufzusuchen, um ihr einen Laib Brot zu bringen. Dabei bereitete es der Hexe sichtliche Freude, sie gänzlich zu verhöhnen, indem sie Brunichildes Schmuck trug. Ein ordinäres Weib aus dem Volk, das den König des Westreichs mit ihren Lenden regierte.

Lange Monate verbrachte die Gotin mit ihren Töchtern in ihrem Gefängnis in Rouen. Die Adligen, die für ihren Sohn Austrien regierten, zeigten kein Interesse daran, sie aus dieser elenden Lage zu befreien. Sie fürchteten ihren Einfluß, den sie nach wie vor im Ostreich hatte. Mit der Zeit verrann auch ihre Hoffnung, jemals wieder in ihre Heimat zurückkehren zu können. So reihte sich viele Wochen lang ein dunkler Tag an den anderen. Schließlich war es Audovera, die erste Gemahlin von König Chilperich, die wieder Licht in Brunichildes Finsternis brachte. Auch ihr hatte Fredegunde, die sie als Zofe mit an den Hof brachte, übel mitgespielt. Nachdem das schamlose Welb zur Konkubine des Königs geworden war, hatte sie dafür gesorgt, dass Chilperich Audovera verstieß und ins Kloster von Rouen stecken ließ. Dort erfuhr sie von Brunichildes Schicksal und begann sie regelmäßig zu besuchen. Anfangs lasen sie zusammen aus der Bibel und als sie merkten, dass die Wachen kein Latein verstanden, begannen sie sich in dieser Sprache zu unterhalten. So berichtete Audovera ihr von den Vorgängen am neustrischen Hof. Nach ihrer Verbannung hatte Fredegunde Chilperich dazu gebracht, die Thronfolge zu ändern, so dass nur ihren Söhnen die Königswürde zustand. Das war ein herber Schlag für ihren Sohn Merowech, dem eigentlichen Kronprinzen der Dynastie. Bei dem darauf folgenden Zerwürfnis mit seinem Vater schlossen sich viele Adlige des Reichs Merowech an, die den zunehmenden Einfluss der Königin auf die Staatsgeschäfte nicht akzeptierten. Mit dieser starken Opposition im Rücken suchte er nun nach einem Weg, seinen Anspruch auf den Thron zurück zu erlangen.

Augenblicklich begriff Brunichilde, welche Möglichkeit ihr dieses Ränkespiel im neustrischen Königshaus bot. Wenn sie es geschickt anging, konnte dies der Weg in die Freiheit sein. Als Audovera sie das nächste Mal besuchte, unterbreitete sie der verstoßenen Königin ihren Plan. Unumwunden schlug sie ihr vor, Merowech zu ehelichen. Als Angehöriger des Geschlechts der Merowinger könnte er so an ihrer Seite der neue König von Austrien werden. Dies war mit Sicherheit eine aussichtsreichere Position, als einen Aufstand gegen seinen Vater im eigenen Land anzuzetteln. Die ehemalige Königin begriff sofort, welche Möglichkeit diese Verbindung ihrem Sohn bot. Als seine Mutter war sie natürlich auch froh, dass er im Ostreich dem Zugriff seines Vaters entzogen sein würde. Um ein Eingreifen Chilperichs zu verhindern, wurde die Hochzeit heimlich und in aller Eile arrangiert. Auch den Bischof von Rouen konnte Audovera für ihr Vorhaben gewinnen, so dass er nur wenige Tage später den ehelichen Bund segnete. Dieses Eingreifen in die Politik zugunsten Merowechs führte bald darauf zu einem Prozess, den der König gegen den Geistlichen anstrengte.

Brunichilde jedoch hatte ihr Ziel erreicht. Sie war wieder in Freiheit und reiste sofort nach der Hochzeit an den Königshof ihres Sohnes. Dort traf sie noch vor der Nachricht ihrer erneuten Eheschließung ein. Durch ihre unerwartete Rückkehr sahen sich die Regenten mit einer vollkommen veränderten Situation konfrontiert. Schnell jedoch formierte sich in den Reihen der Adligen der Widerstand gegen einen Regenten aus dem neustrichen Königshaus. Der Hass auf die Monarchen des Westreich war einfach zu groß, so dass auch einige Unterstützer Brunichildes Austrien verlassen mussten. Ihrem neuen Gemahl wurde die Einreise verweigert und Brunichilde damit kaltgestellt. König Chilperich tat sein übriges, indem er die Ehe annulieren und Merowech in ein Kloster verbannen ließ. Von dort konnte er zwar fliehen, nahm sich jedoch das Leben, als er in die Hände seines Vaters zu fallen drohte. Auch Audovera zahlte schließlich mit dem Leben dafür, dass ihr letzter Sohn Chlodowech seinen legitimen Anspruch auf den Thron anmeldete, nachdem die beiden Söhne Fredegundes unerwartet verstorben waren. Die alte Königin und Chlodowech wurden in den Kerker geworfen und auf Veranlassung von Fredegunde ermordet. Damit wurde die Blutspur, die die neustrische Herrscherin hinter sich her zog, immer länger. Und viele Geistliche im ganzen Reich sahen in dem Tod ihrer Kinder bereits die gerechte Strafe Gottes.

Ganz unvermittelt drangen einige Sonnenstrahlen durch den Nebel. Helles Licht zerteilte den feuchten Dunst und brachte die Farben zurück in ihre düstere Welt. Hoch über ihr wurde ein Stück des leuchtend blauen Himmels sichtbar, der ihr wie eine Verheißung Gottes erschein. Sein Versprechen der Auferstehung und des ewigen Lebens. Rasch zerriss das dunstige Leichentuch und gab den Blick frei auf die Landschaft. Während sie ihre Augen über Felder, Wiesen und Wälder gleiten ließ, spürte sie dankbar die wärmenden Strahlen auf ihrem Rücken. Mit dem Licht schien auch das Leben zurück gekehrt zu sein und ließ die golddurchwirkten Ränder ihres Umhangs erstrahlen. Hinter der Flussbiegung war bereits der mächtige Berg zu erkennen, der schroff die Ebene begrenzete und den Strom in eine neue Richtung zwang. An seinem Fuß lag die Stadt mit ihren sicheren Mauern. Das Ziel ihrer Reise. Dorthin hatte man den Grafen Bertefred bringen lassen, den letzten überlebenden Anführer des Aufstands gegen ihren Sohn. Zusammen mit dem Grafen Ursio und Herzog Rauching hatte er den Plan geschmiedet Childebert zu ermorden und seinen Erstgeborenen auf den Thron zu heben. Danach wollten die Umstürzler, als die Großen im Reich, bis zu seiner Mündigkeit für Theudebert regieren. Sie hatten sich wohl zu sehr an ihre Macht gewöhnt in der Zeit, in denen sie die Regentschaft für Brunichildes minderjährigen Sohn geführten hatten.

Doch vor drei Jahren wendete sich das Blatt für die Verschwörer, als Childebert von seinem Onkel Gunthram für volljährig erklärt wurde. Von da an konnte der Fünfzehnjährige ohne seine Adligen regieren. Und auch Brunichilde gewann mit Ende der Vormundschaft ihre alte Macht zurück. Zusammen mit ihrem Sohn herrschte sie jetzt im austrasischen Reich. Nun hatte sie endlich die Gelegenheit, Rache zu nehmen für all die erlittenen Demütigungen und Schmerzen. Dieser Tag, den sie so viele Jahre herbeigesehnt hatte, musste Fredegunde wie ein Albtraum erschienen sein. Trotz ihrer niederen Herkunft war ihr wohl gewiss, dass das unauflösliche Band der Blutrache sie mit der Gotin verband.

Und erneut entsannte das teufliche Weib zwei Getreue

um Childebert, wie seien Vater zuvor, ermorden zu lassen. Damals konnte sie es dem Herzog Rauching verdanken, dass die Tat vereitelt wurde. Er war auf die beiden Spießgesellen des Neustrichen Reichs aufmerksam geworden, als sie durch sein Gebiet reisten. Jetzt allerdings musste sie erkennen, dass das nicht aus Loyalität geschehen war, sondern ein früher Tod Childeberts seine Pläne durchkreuzt hätte, da ihr Sohn damals noch keinen Erben hatte. Mit der Geburt des zweiten Tronfolgers schien für Rauching der Moment gekommen zu sein den lange geplanten Umsturz in die Tat umzusetzen. Diesmal war es der alte Gunthram der sie vor dem Untergang bewarte. Als letzter verbliebener Sohn Chlothars hatte er noch gute Verbindungen in alle Teile des Frankenreichs. So musste er auch erfahren haben, dass der Herzog einen Komplott gegen die Königsfamilie schmiedet.

Die Nachricht des Onkels erreichte sie in Trier während den Feierlichkeiten anläßlich der Taufe Teudeberts. Der dortige Bischhof Magnerich hatte als Pate des Kleinen die Zermonie selbst vollzogen. In seiner Warnung ließ Gunthram ihnen mitteilen, dass der Aufstand kurz bevor stand und die Verschwörer ihre Truppen bereits versammelt hatten. Mit Stolz erfüllt konnte sie in diesen späten Herbsttagen miterleben, wie umsichtig und klug ihr Sohn reagierte. In Trier waren sie nicht mehr sicher, da sich Aufständische bereits innderhalb der Mauern der großen Stadt befinden konnten. Also brach Childebert die Feierlichkeiten ab und verschanzte sich mit seinen Getreuen in der nahe gelegenen Festung Pfalzel. Von dort aus entsandte er seine Garde, um den abtrünnigen Herzog Rauching in seinem Hofgut hinrichten zu lassen. Obwohl die Verschwörung damit ihren Anführer verloren hatte, ließen die beiden Grafen ihre Truppen nach Trier marschieren und die Festung belagern. Zehn Tage lang dauerte der erbitterte Abwehrkampf der Eingeschlossenen. Immer wieder drangen die Angreifer ein und mussten in zähem Ringen zurückgedrängt werden, bis der Innenhof mit Leichen bedeckt war. Freund und Feind lagen reglos beieinander, blutüberströmt erstarrt im Augenblick des Todes. Eine eilig zusammen gerufene Armee aus dem ganzen Reich konnte schließlich die Belagerung durchbrechen und die Aufständischen in die Flucht schlagen. Ursio wurde den darauf folgenden Kämpfen getötet und Bertefred konnte bei seiner Flucht gefangen genommen werden. In Andernach nun erwartete ihn das Schwert des Henkers, mit dem der Hochverräter vor den Augen des Königs gerichtet werden sollte.

Auf der alten Straße, die am linken Ufer dem Fluß folgte, konnte Brunichilde die Reiter und Wagen ihres Tross' erkennen. Sie waren bereits vor den Schiffen aufgebrochen, um ihren Empfang in der neuen Residenz vorzubereiten. Bald schon würden die Soldaten der Garde den Hafen erreicht haben. Wie bei jeder Station ihrer Fahrt, sollten sie mit einem Spalier aus Speeren und Schilden ihre Ankunft sichern. Ein notwendiger Tribut an die unruhigen Zeiten in denen sie lebten. Schließlich war der Aufstand erst vor wenigen Monaten nieder geschlagen worden und mit Sicherheit noch nicht alle Aufrührer enttarnt. Während sie sich Andernach näherten, konnte sie einige Türme und ein Tor der Befestigung erkennen. Davor waren viele Zelte aufgeschlagen und eine stattliche Anzahl von Pferden weidete in den Auen. Das mussten die Truppenkontingente der Herzöge sein, die sich hier zur Heeresschau versammelt hatten. Bei solchen Gelegenheiten erschien es der Gotin fast so, als ob die Franken nur für den Krieg lebten. Im Jahresablauf hatte die Inspektion der Truppen und die militärische Planung mit dem Märzfeld einen festen Platz. Auch in diesem Jahr sollte es wieder einen Kriegszug in den Süden geben. Der nunmehr Dritte in Childeberts Zeit als König. Zweimal schon waren ihre Soldaten aus Italien zurückgekehrt ohne die mit dem Kaiser vereinbarten Gebiete eingenommen zu haben. In ihren Augen war dies ein vollkommen unsinniges Unterfangen mit den Langobarden jenseits der Alpen Krieg zu führen, während die Awaren an der Ostgrenze ihres Reichs seit vielen Jahren eine wirkliche Bedrohung darstellten.

Mit einem Mal bemerkte sie Schritte auf den Planken des Decks, die sich ihr näherten. Ein kurzer Blick über die Schulter verriet ihr, dass es ihr Sohn war, der neben sie trat.

«Wir sind bald da», sagte sie ohne den Blick von der Landschaft vor ihr abzuwenden. Childebert stützte sich auf die Reling neben ihr und blickte ebenfalls nach vorne.

«Und mit uns kommt der Tod in diese Stadt.»

«Nicht der Tod, sondern die Gerechtigkeit wird Einzug halten», entgegnete sie. Der junge König nickte langsam bevor er antwortete:

«Recht oder Rache, wer vermag das noch zu unterscheiden in unseren Tagen?»
Fürwahr sie lebten in unruhigen Zeiten, in denen der Tod allgegenwärtig war. Auf eine Bluttat folgte eine weiter und jeder Krieg beschwor den nächsten bereits herauf. Manchmal erschien es ihr so, als ob das Höllenfeuer der Verdammnis bereits auf Erden loderte. Eine Weile standen sie schweigend nebeneinander am Bug des Schiffes. Als die Zelte der Soldaten an ihnen vorüber zogen, deutete sie mit dem Finger in diese Richtung.

«Sag, Childebert, wann ziehen wir los, um deinen Vater zu

rächen? Wann führen wir das Schwert gegen Fredegunde, wie es die Gerechtigkeit verlangt?»

«Die Neustrier haben ein starkes Heer. Wie leicht könnte so ein Krieg unser Untergang sein.»

Die ausweichende Antwort ihres Sohnes ärgerte Brunichilde.

«Und wenn dem so ist, dann ist es der Wille des Allerhöchsten, uns zu vernichten», brach es gereizt aus ihr hervor, «Ob hoch zu Ross oder in eines Turmes Zimmer können wir seinem Wirken nicht entgehen.»

«Du würdest für die Erfüllung deiner Rache auch durch die Hölle marschieren», erwiderte Childebert, «Und unsere Krieger opfern wie hölzerne Figuren in einem Spiel.»

Fast hätte sie gelacht, als sie seine Worte vernahm. Ihr Sohn kannte das Leben lediglich als Prinz und Regent. Entsprechend harsch fiel ihre Antwort aus:

«Die Hölle hat für mich keinen Schrecken mehr, denn dort weilte ich schon längst. In vielen dunklen Stunden hat mich nur die eine Hoffnung aufrecht erhalten: Endlich den Tod dieser Hexe herbeizuführen, die sich an meinem und deinem Blut versündigt hat. Zu lange schon hat sie ihr Leben verwirkt. Zu viele Tote klagen sie an.»

Childebert schien es vorzuziehen, ihr nicht zu antworten. Was hätte er auch vorbringen können, um ihre Meinung zu entkräften? Als ihr Sohn hatte er gelernt, dass sie nichts von ihrem Vorhaben abbringen konnte.

Aufmerksam betrachtete sie die Menschen, die an beiden Seiten des Flusses standen und neugierig die Vorbeifahrt der königlichen Flotte beobachteten. Es waren einfache Bauern und Handwerker, die nichts von Politik verstanden und auf ein ruhiges Leben hofften. Sie wussten nicht, dass der Friede in dieser Zeit lediglich die Abwesenheit des Krieges bedeutete. Die Stadt war nun zum Greifen nahe. Bei ihrem Anblick musste sie an ihren geliebten Mann denken, der dort so gerne verweilt und von der Mauerkrone aus das geschäftige Treiben im Hafen und auf dem Fluss beobachtet hatte. Aber das war schon viele Sommer her und schien Brunichilde, wie eine Erinnerung aus einem anderen Leben. Einem Leben in Freude und Sicherheit jenseits des Styx.

Als sie die lange, turmlose Ufermauer des alten Castrums passiert hatten, wurde es unruhig an Bord. Die Mannschaft begann ihre Plätze einzunehmen und die Ruder ins Wasser zu lassen, um das Schiff zu wenden und in den Hafen zu steuern. Die Strömung trug sie während dieses Manövers ein Stück den Fluss hinab und eröffnete den Blick auf das enge Tal mit den hoch aufragenden Bergwänden, durch die die Fluten ihr Bett gegraben hatte. Fruchtbare Äcker säumten das Gestade zu ihrer Rechten und dahinter erklommen üppige Weinberge die steilen Hänge. Große Höfe am höher gelegenen Ufer zeugten vom Wohlstand der Bauern, deren Wein entlang des ganzen Stroms gehandelt wurde. Auch auf ihrer langen Festtafel, an der sich die Adligen von Stadt und Gau versammelten, würde heute Abend der edle Rebensaft in den Gläsern funkeln. Mit ihm würden sie auf ihren König anstoßen und ihm ihre Treue bekunden an diesem Tag des letzten Blutgerichts.

ANHANG

Verwendete Zitate
in ‚Reden und Handeln'

Ulrike Meinhof | Der Spiegel Nr. 25 | 15.06.1970

«Das ist ein Problem, und wir sagen, natürlich, die Bullen sind Schweine, wir sagen, der Typ in der Uniform ist ein Schwein, das ist kein Mensch, und so haben wir uns mit ihm auseinanderzusetzen. Das heißt, wir haben nicht mit ihm zu reden, und es ist falsch überhaupt mit diesen Leuten zu reden, und natürlich kann geschossen werden.»

Gudrun Ensslin | vor Gericht | Oktober 1970

«Wir haben gelernt, daß Reden ohne Handeln unrecht ist.»

Ulrike Meinhof | Studentenversammlung | 12.04.1968

«Wirft man einen Stein, so ist das eine strafbare Handlung. Werden tausend Steine geworfen, ist das eine politische Aktion. Zündet man ein Auto an, ist das eine strafbare Handlung, werden hunderte Autos angezündet, ist das eine politische Aktion.»

Ulrike Meinhof | konkret Nr. 5 | Mai 1968

«Protest ist, wenn ich sage das oder das paßt mir nicht. Widerstand ist, wenn ich dafür sorge, daß das, was mir nicht paßt, nicht länger geschieht.»

Ulrike Meinhof | Der Spiegel Nr. 25 | 15.06.1970

«Was wir machen und gleichzeitig zeigen wollen, das ist: daß bewaffnete Auseinandersetzungen durchführbar sind, daß es möglich ist, Aktionen zu machen, wo wir siegen und nicht wo die andere Seite siegt. Und wo natürlich wichtig ist, daß sie uns nicht kriegen, das gehört sozusagen zum Erfolg der Geschichte.»

Glaube, Hoffnung, Heimat

In Ermangelung einer genauen Definition versteht jeder unter dem Begriff Heimat etwas anders. Das Ergebnis einer Umfrage würde folglich eher ein diffuses Stimmungsbild zeichnen, als eine klare Antwort geben. Ein erschreckender Umstand, wenn wir uns vor Augen halten, dass sich dieses Schlagwort, selbstverständlich ohne jegliche Erläuterung, seit ein paar Jahren fest im politischen Jargon etabliert hat. Lange tabuisiert, reiht es sich nun wieder ein neben anderen verklärenden Chiffren wie Zukunft, Fortschritt und Wohlstand. Alle diese Parolen sind jedoch nicht mehr als nur Hüllen, die den kaum greifbaren Inhalt gerade noch spärlich bedecken. Es sind Worte die wie Irrlichter wirken, weil sie dem Kontext eines Satzes entrissen, sich einer konkreten Zuordnung entziehen. Und genau das macht sie so mächtig und unangreifbar. Lediglich ins Gegenteil verkehrt ergeben sie für den Leser einen Sinn und beschwören Szenarien herauf, die keiner gutheißen kann: Nämlich Vergangenheit, Rückschritt und Armut.

Auch die Bedeutung von Heimat offenbart sich am sichtbarsten in ihrer Abwesenheit, ihrem absoluten Verschwinden in der Heimatlosigkeit. Ein Wort, das erschaudern lässt, da es ein haltloses Treiben des Individuums in Raum und Zeit suggeriert. Ein unangenehmer, ja trostloser Zustand, der die Grundfesten der Existenz erschüttert, verbunden mit der Erkenntnis, dass der Mensch alles andere ist als seines Glückes Schmied und nicht im Entferntesten der Herr des eigenen Schicksals. Ohne Heimat zu sein rückt in die Nähe der Sinnlosigkeit, der existenziellen Frage jedes Einzelnen, die lediglich in ihrer Akzeptanz oder im Glauben eine Antwort findet. In der stetigen Umklammerung einer obsessiven Sinnsuche gefangen, entsteht so, als zutiefst menschliche Reaktion, ein imaginärer Ort, eine Einbildung, das erste Kapitel einer eigenen Geschichtsschreibung.

Heimat ist also mehr als nur Herkunft, es ist eine Hoffnung, ein Versprechen an das Leben und seine Bedeutung. Als der Anfang menschlichen Seins ist sie die Abkehr von dem Undenkbaren, von dem Nichts. Ganz individuell werden im Rückblick Erlebtes und Emotionen zu diesem Begriff verdichtet, der sich so einer allgemeingültigen Formulierung entzieht. Heimat existiert nicht in der Gegenwart, sondern nur in der Erinnerung. Unwirklich und verlockend wie eine Fata Morgana bildet sie den Ausgangspunkt, der das Leben zu einer Reise macht. Ein Fixpunkt, an dem sich Entfernung und Richtung messen lassen. Anfällig für Idealisierung und Vergessen wird Heimat für viele zum Sehnsuchtsort, an den sich vermeintlich auch zurückkehren lässt. Ähnlich einem Leuchtturm, der in das ganze Leben hinaus sein Licht sendet, liegt sie am fernen Ufer, umgeben von einer gleißenden Aura des Irrealen, in Wahrheit nur der Anbeginn jeder individuellen Erinnerung, versehen mit dem Kontrollstempel von Ort und Zeit. Als Treibgut der Geschichte stilisiert der Mensch nur zu gerne Heimat zum sicheren Hafen im tosenden Weltenmeer.

Der Text wurde 2019 in der Broschüre ‚Heimat findet man nicht im Duden‘ des Literaturwerks Rheinland-Pfalz-Saar e.V. veröffentlicht.

Wiedergänger

Ein Totgeglaubter geht durchs Land.
Das Gespenst des Nationalen.
Den Dolch der Lüge im Gewand,
gewinnt die Angst fortan bei Wahlen.

Der Wahrheit Flamme bald erlischt.
Gefühle sind die neuen Werte.
Der Presse Lügen glaubt man nicht
und Heil bringt nur das Altbewährte.

Ein Volk verfällt dem Rassenwahn
und Bürger raunen einander zu:
Nun schau dir diese Fremden an,
sie sehen nicht aus, wie ich und du.

Kommen her mit ihren Lügen.
Bereichern sich an unserem Geld.
Sind Verbrecher und betrügen.
Zerstören unsere heile Welt.

Vor Krieg fliehen die Fremden nicht.
In Wahrheit leiden sie keine Not.
Schnell, machen wir die Grenzen dicht
und die, die hier sind schlagen wir tot.

Der Wiedergänger ist erwacht
und völkisches bestimmt das Treiben.
Nun liegt es auch in deiner Macht,
zu kämpfen oder stumm zu bleiben.

Markus Bäcker

VOM ENDE HER
Kurzgeschichten

2018 bei BoD erschienen
ISBN: 978-3-7481-6892-8

«Möglicherweise kann man von diesem Leben nichts anderes erwarten als den Tod.»

VOM ENDE HER ist eine Sammlung von Kurzgeschichten, die sich mit dem Individuum und seiner Existenz beschäftigen. Es sind Momentaufnahmen des Lebens, die sich als kleinste Zahnrädchen im großen Uhrwerk des Seins drehen. Scheinbar unbedeutend aber wirkmächtig entscheiden sie über Liebe, Freude, Leid und Tod. Wie in einem Theaterstück agieren die Charaktere in einer Welt, die zur Kulisse wird und das Handeln in den Mittelpunkt rückt. Vermeintlich frei, zeigt sich der Mensch vielmehr als Summe seiner Erfahrungen, Spielball seiner Gefühle oder einfach nur Sklave des Augenblicks.